Klaus Oberbeil

Das Mädchen,
das aus den Wäldern kam

Klaus Oberbeil

Das Mädchen,
das aus den Wäldern kam

Fischer Verlag

© FISCHER VERLAG GMBH
Remseck bei Stuttgart 1993

Titelillustration von Ingeborg Haun
Innenillustrationen Ingeborg Haun

Alle Rechte vorbehalten

ISBN 3 439 88 855 X

Inhalt

Die Schlucht	11
Der Weltreisende	23
Luzi fährt in die Zivilisation	34
Die Versammlung der Tiere	48
Rätsel der Technik	57
Ich heiße Luzi Einsamkeit	70
Luzi wird verhört	81
Eine kleine Heidin!	93
Kann Sandie geheilt werden?	109
Wir sind illegal!	120
Die Flucht aus dem Mädchenheim	142
Die Sonnenglüh-Behandlung	158
Wieder allein in den Wäldern…	178

Die Schlucht

Die blonde Frau mit dem kurzen, welligen Haar, in Lederbundhose und gelbem Regenanorak, hatte sich beim Abstieg im bayrisch-österreichischen Grenzgebiet verirrt. Sie suchte nach einem Weg, der aus dem tiefen Forst und den düsteren Schluchten herausführte. Es war ein Nachmittag im April.

Nebel hing in den Tannen, der braune Nadelboden war vollgesogen mit dem Regen, der lange gefallen war. Aus dem Dickicht kroch die Dämmerung in die Gründe.

Es war still. Ein Tannenzapfen löste sich im Wipfel eines Baumes und schlug mit dumpfem Ton auf dem Waldboden auf.

Steil stieg der Wald an, fiel jäh wieder ab in eine Schlucht, die sich zwischen moosbewachsenen Felsen verengte und wie ein Labyrinth verzweigte. Der jungen Frau kam es vor, als wäre sie in eine geheimnisvolle, nie erforschte Welt eingedrungen, fernab von jeder Zivilisation.

»Direkt unheimlich«, murmelte sie und fuhr herum, weil sie vor der eigenen Stimme erschrocken war und das Gefühl hatte, ein Fremder könne in ihrem Rücken gesprochen haben. Doch sie sah nur dunkel aufragende Stämme, deren regennasse Rinde glänzte.

Das Rinnsal zu ihrer Linken wurde zum Bach, der nun durch eine enge Klamm zwischen steilen Felswänden schäumend zu Tal sprang. Dann öffnete sich die Schlucht wie ein Tor und führte in einen kleinen Talkessel, der rings von Fels umgeben war. Rechts oben am Hang begann dunkler Lärchenwald. Den Talboden bedeckte eine saftige Wiese, die übersät war mit leuchtend bunten Blumen. Hummeln und Bienen summten und brummten darin herum, große schwarze Fliegen schossen in wildem Zickzack darüber hin, als wollten sie die Konkurrenz erschrecken.

Der hintere Teil des Kessels war mit dichtem Buschwerk bedeckt. Davor stand ein Mädchen, das heftig mit den Armen winkte und dabei grelle Pfiffe ausstieß. Die junge Frau ging durch die Wiese auf das Mädchen zu.

Es hatte rötlichbraunes, ungepflegtes Haar und ein

schmales, noch kindliches Gesicht. Seine Augen waren graublau und klar wie ein kühler Bergsee mit steinigem Grund. Es trug um mindestens drei Nummern zu große Blue Jeans, die mit einem zerfaserten Hanfstrick um die Hüften gebunden waren und Falten warfen wie ein Vorhang. Darüber trug es ein ebenfalls zu weites, ehemals weißes Hemd. Das Mädchen, das etwa zwölf Jahre alt sein mochte, war barfuß. Es hatte schmale Füße mit auffallend breiten Zehen.

»Wo kommen Sie denn her?« fragte es neugierig.

Die Frau erwiderte, daß sie aus München sei und daß sie sich verlaufen habe.

Ohne auf ihr Problem einzugehen, sagte das Mädchen: »München ist eine Großstadt, nicht? Mein Vater bringt mir manchmal Zeitschriften mit, da sind Bilder von Großstädten drin. Ich will mir schon immer mal eine ansehen, weil ich bunte Lichter gern mag und es dort viele gibt.« Nachdenklich sah das Mädchen zum Himmel auf, der mit gelbgrauen Wolken bedeckt war. Es schien zu grübeln, fuhr aber dann fort: »Wenn Sie sich verirrt haben, brauchen Sie sich keine Sorgen machen. Ich kann Ihnen sagen, wie Sie zu den Menschen finden.«

»Das wäre sehr lieb von dir«, sagte die Frau. Besorgt musterte sie die Berggipfel, die Fetzen von Wolken aus der Regenwand gerupft hatten und sie festhielten. Die bange Sorge, nicht mehr rechtzeitig vor der Nacht aus dieser Wildnis zu gelangen, wich der Neugier, mehr über dieses Mädchen zu erfahren. »Ich heiße Ziegler, Veronika Ziegler«, sagte sie. »Und wie heißt du?«

»Luzi.«

»Und wie noch?«

»Überhaupt nicht.«

»Hast du keinen Nachnamen?«

»Bis jetzt nicht. Aber ich kriege wahrscheinlich mal einen. Mein Vater sagt, ein Name ist genug, und der soll kurz sein. Wollen Sie meine Wohnung sehen?«

Der Unterschlupf stand, in Erlendickicht und Schwarzdorngestrüpp versteckt, direkt an der Felswand. Auf Baumstämmen ruhte der Pritschenaufbau eines Lastwagens mit dem noch unversehrten Fenster darin. Über diesen Aufbau war eine verblichene orangefarbene Zeltbahn gespannt, die die Aufschrift »Eigentum der Bundeswehr« trug.

Der Eingang zur Felswohnung bestand aus einem kleinen, uralten Kelim, den man aufs Zeltdach schlagen und wieder herunterfallen lassen konnte. Innen war die Behausung geräumig. Am Boden lag eine dreiteilige Roßhaarmatratze mit mehreren sorgfältig zusammengelegten Wolldecken ausgebreitet.

Vier offene, zum Regal angeordnete Kartons enthielten Wäsche, Handtücher und andere Textilien. In einer Ecke stand, aus einem Ölfaß gebaut, ein schwarzer Kanonenofen, dessen Rohr durch ein Loch in der Zeltwand ins Freie ragte. Oben auf dem Pappregal lag eine Fülle von Krimskrams, vom messingnen Wasserhahn bis zum Uhrwerk eines Weckers, eine einzelne grüne Bocciakugel und ein mit Flicken übersäter Fahrradschlauch.

»Meine Spielsachen«, erklärte Luzi. Sie deutete auf ein Schachbrett, auf dem nur neun Figuren standen, sechs weiße und drei schwarze. »Schach«, erklärte sie, »spannendes Spiel. Es wird mit einem Würfel gespielt.«

»Aha«, sagte Veronika. Sie wußte natürlich, wie Schach richtig gespielt wurde und daß nicht neun, sondern zwei-

unddreißig Figuren dazu nötig waren. Sie stand irgendwie unter dem Eindruck von Luzis eigenartiger Persönlichkeit.

Das Mädchen führte sie durch einen Stollen in den Raum, in dem sein Vater wohnte, wenn er zu Hause war. Hier gab es sogar zwei schöne Möbelstücke, einen grüngepolsterten Ohrenbackensessel mit abgewetzten Armlehnen, aus denen das Roßhaar trat, und einen reich geschnitzten, ostasiatischen Rauchtisch mit Einlegearbeiten aus Perlmutt und verschiedenen Furnieren. Auch hier lag auf dem Boden eine Matratze mit sorgfältig geordneten Wolldecken.

»Ist dein Vater oft weg?« erkundigte sich die Frau, während sie um sich blickte.

»Ziemlich oft. Er hat wichtige Dinge im Ausland zu erledigen. Er reist viel um die Welt und trifft mit berühmten Leuten zusammen. Kürzlich hat er Schingiskan besucht, einen schrecklichen Mann, aber furchtbar reich. Die Reisen sind für meinen Vater sehr anstrengend, und wenn er kommt, braucht er viel Ruhe und Pflege.«

»Wo ist er denn jetzt?«

»In Australien.« Luzis abgewinkelter Daumen zeigte über die Schulter die Richtung an. »Den Berg draußen haben Sie gesehen. Dahinter kommt ein Tal, dann noch ein Berg und noch ein Tal, das ganze vierzehnmal hin und her, dann kommt Australien.«

»Bist du sicher?« fragte Veronika verwundert.

»Ganz sicher. Mein Vater war schon mal da. Er hat's mir erzählt.«

»Gehst du denn nicht zur Schule?«

Luzi schüttelte den Kopf. Ihre kleinen weißen Zähne nagten an der feingeschwungenen Unterlippe. Eine Weile schien sie über etwas nachzudenken. »Ich habe davon gehört, aber mein Vater sagt, Schule ist nicht so wichtig. Er sagt, was ich wissen muß, lerne ich auch hier. Und was draußen in der Welt los ist, erzählt er mir, wenn er von seinen Reisen heimkehrt.«

Ihr sehniger, dünner Arm, der aus dem zu weiten Ärmel des Hemdes hervorkam, deutete auf mehrere ordentlich geschichtete Stapel mit Mullbinden, Schuhcreme, Spülmittel und ähnlichem.

»Mein Vater sagt, es ist ein Zeichen von Wohlstand, wenn man Dinge besitzt, die man nicht braucht«, erklärte sie. »Ich frage ihn nämlich oft, weshalb er Sachen mitbringt, die man nicht essen und nicht trinken kann. Nun, manchmal bringt er auch zu essen mit. Er hat schon mal eine Dose richtige Ananas mitgebracht. Er sagt, er will auch mal eine Apfelsine mitbringen, damit ich weiß, wie sie schmeckt. Ich brauche aber auch dann nicht verhungern, wenn er mal eine Zeitlang ganz wegbliebe, wie es schon mal der Fall war.« Feine Furchen zeichneten sich auf ihrer Stirn ab, sie bekam einen grüblerischen Gesichtsausdruck, als wären alle ihre Gedanken auf Reisen in eine entlegene Vergangenheit.

»Damals war ich noch klein. Nicht so kräftig wie heute, wo ich mir weit besser zu helfen weiß. Mein Vater ging weg, als der Sommer vorüber war und die ersten Herbststürme kamen. Als dann der Schnee wieder geschmolzen war und die Blumen auf der Wiese blühten, stand er hier vor der Wohnung. Aber damals hatte ich ja schon Beete mit Salat, Gemüse und Kartoffeln angelegt, und die lange Zeit allein war nicht schwer für mich.«

»Es gibt doch auch Wild, nicht wahr?«

Das Mädchen nickte. Sie gingen in den vorderen Raum

zurück und traten von dort ins Freie. Das Summen in der Wiese war verstummt. Ein Habicht zog seine Kreise nahe der Felswand. »Ich kann mir Fische aus dem Bach holen«, sagte Luzi. »Ich jage auch Hasen und Wildtauben mit der Steinschleuder, obwohl ich's viel leichter haben könnte, weil die Tiere zu mir kommen. Wollen Sie's mal sehen?«

»Gerne.«

Luzi klemmte einen Grashalm zwischen die aneinandergepreßten Handkanten, blies hinein und erzeugte ein klagendes Fiepen. Die Töne schwollen rhythmisch auf und ab, und wenig später wurde es auf der Wiese, die sich zum Lärchenwald hinaufzog, lebendig. Weil der Wiesenhang schon im Schatten der Dämmerung lag, sah Veronika die heranhoppelnden Hasen erst, als sie nur noch wenige Meter entfernt waren. Die Tiere hoppelten bis zu Luzi heran und äugten erwartungsvoll zu ihr hoch. »Ich könnte sie leicht eins nach dem anderen abmurksen«, erläuterte das Mädchen, »aber das wäre ihnen gegenüber nicht ehrlich. So jage ich sie lieber mit der Steinschleuder, damit sie wenigstens flüchten können.«

Auch ein schmales Reh mit einem steifen Bein hüpfte heran, tat zaghaft die letzten stelzenden Schritte und stupste mit der Nase gegen Luzis Bauch.

»Du nicht«, sagte das Mädchen, »hau ab!«

Sie scheuchte auch die Hasen wieder fort, die sicherlich mehr erwartet hatten, als nur hergerufen und wieder fortgejagt zu werden.

»Warum bist du zu dem Reh so häßlich?«, erkundigte sich die Frau.

»Weil's mir auf die Nerven geht. Irgendwer hat es angeschossen, es kam gerade noch hierher in die Schlucht. Seit ich's gesundgepflegt habe, rennt's mir nach wie ein Schoßhündchen. Sie sind eben allesamt verspielt. Man könnte alle Tiere zu Haustieren machen, sie kommen gern zu den Menschen, wenn sie nur richtig behandelt werden. Haben Sie was?« fragte sie plötzlich. »Sie sorgen sich wohl darum, daß Sie hier wieder rauskommen? Sie sehen mich so bekümmert an.«

»Nein, mein Kind, das hat andere Gründe. Nein, ich habe keine Sorge um mich.«

»Wirklich nicht? Wenn Sie Geld brauchen, ich könnte Ihnen eine Mark leihen oder schenken. Mehr habe ich nicht. Mein Vater will nicht, daß ich Geld spare. Er sagt, es verrottet. Papiergeld zerfällt in einem halben Jahr zu Staub, Münzen werden in zwei oder drei Jahren zu Gold- oder Silberstaub. Ich habe allerdings schon mal eine Münze länger als drei Jahre liegen lassen, und sie ist nicht zerfallen. Mein Vater steckt mir hin und wieder etwas Geld zu, aber er verlangt es meistens wieder zurück. Trotzdem habe ich eine Mark gespart. Meine Mutter hat früher immer gesagt, ein Mädchen muß stets Geld im Sparstrumpf haben, sonst wird es nicht geheiratet.«

»Wo ist deine Mutter jetzt?«

»Weg. Tot. Gestorben.«

»Wie schade.«

»Nicht so schlimm. Sie kommt ja ab und zu, bei Vollmond. Nicht bei jedem Vollmond, und meist nur dann, wenn auch Wolken am Himmel sind, weil sie auf Wolken reist, wie alle Engel tun.«

Die blonde junge Frau sagte nichts zu diesen Ausführungen, sondern starrte das Mädchen nur an, und unerklärlicherweise schimmerten zwei Sterne in ihren Augen, so daß es fast schien, als weinte sie.

»Sie haben doch Sorgen«, sagte Luzi. »Na, kommen Sie schon. Ich bringe Sie hier raus.«

Der Weg aus der Schlucht führte durch andere verborgene Schluchten, über bewaldete Hügel in finstere Täler, und bald konnte Veronika sich nur noch am Schimmer von Luzis hellem Hemd orientieren. Sie ging dicht hinter dem viel kleineren Mädchen her, das mit sehr feinen Sinnen ausgestattet sein mußte, denn es stieß nirgendwo an die Stämme der Tannen und Kiefern.

»Frierst du denn nicht?« fragte die Frau.

»Jetzt ist es ja warm«, kam die Antwort von vorne. »Ich könnte im Freien schlafen und brauchte nicht frieren.«

»Und hast du keine Angst, wenn du anschließend allein zurückgehen mußt?«

»Angst habe ich nur vorm Schneesturm, weil er schon zweimal übern Berg kam und die Plane weggerissen hat. Er wohnt hinterm Berg, und man kann nie vorhersagen, wann er kommt. Die Nacht ist mein Freund. Ich kann in der Nacht so gut sehen wie ein Uhu. Ich kann auch meinen Wolf kommen lassen, der mich beschützen würde, wenn's nötig wäre.« Sie schien die Hände wie ein Sprachrohr vor den Mund zu halten, denn sie gab ein dumpfes Trompeten von sich. »Kann sein, daß er weit weg ist und es nicht hört, obwohl er ein feines Gehör hat«, sagte sie. »Er ist ein Streuner, der nichts als Abenteuer im Sinn hat.«

»Ich dachte, es gäbe hier keine Wölfe mehr.«

»Den gibt es jedenfalls. Da drüben ist er.«

Veronika sah nichts als schwarze Dunkelheit, vom Schimmer des Hemdes abgesehen. Dann aber erkannte sie in der Finsternis zwei grüngoldene Lichter, die Augen des Wolfs. Sie waren bedrohlich nahe auf sie gerichtet.

»Der Wolf tut Ihnen überhaupt nichts«, sagte Luzi. »Er frißt Sie nur mit den Augen auf, weil er Sie interessant findet.«

Es war tiefe Nacht, als sie auf einer Bergkuppe anlangten und weit unten im Tal die Lichter eines Dorfes sahen.

»Dort unten ist es«, sagte das Mädchen Luzi, »da müssen

Sie hin.«Der Augenblick des Abschieds war gekommen, Veronika fühlte Luzis feste, schmale Hand.

Als die Hand sich schließlich löste, spürte die Frau das warme Geldstück, das Luzi die ganze Zeit über, um es nicht zu verlieren, fest in der geschlossenen Faust getragen hatte. Die junge Frau wollte protestieren, aber das Mädchen war im Dunkeln verschwunden, als wäre es jetzt selbst ein Stück Wald oder ein Teil der Nacht.

Der Weltreisende

Über dem langgestreckten Gebäude der Gastwirtschaft »Zur Post« in Ried funkelten die Sterne. Von den Feldern kam der süße Duft des frischen Heus, von der Jauchegrube beißendwürziger Geruch. Durch das Fenster der Gaststube sah der Ignaz drinnen hemdsärmelige Männer Karten spielen und aus steinernen Literkrügen Bier trinken, und sie hatten großen Spaß dabei. Sehnsüchtig strich der Ignaz seinen Backenbart. Eine wundervolle Verheißung ging vom Anblick dieser Gaststube aus und wärmte sein Herz. Doch leider entdeckte er mehrere Gesichter, deren Besitzern er kleinere Geldbeträge schuldete, und darunter befand sich auch der dicke Wirt, der hinter der Theke Gläser spülte.

Die schlauesten Gedanken, über die der Ignaz verfügte, lösten sich und kreisten in seinem Hirn, um die Idee zu suchen, wie man hier zu einem möglichst großen Schnaps kommen könnte. Schließlich ging der Ignaz zur Tür und zog sie auf. Wüstes Empfangsgeheul scholl ihm entgegen, Gelächter, Hohn, Gewitzel und die Forderung nach Rückzahlung geliehenen Geldes.

Wachsam hörte der Ignaz sich alles an. Stimmung und Laune einer Männergesellschaft wie dieser waren für ihn etwas so Gegenständliches wie ein Gemälde, das man mit den Augen ansehen und beurteilen konnte. Diesmal hörte der bärtige, dunkelhaarige Mann keine wirklich gehässigen Töne, nur abfällige Bemerkungen über seinen speckigen Lodenjanker, seine schiefgetretenen, durchlöcherten Schuhe.

Doch dies war ein Teil der Strategie des Ignaz im Umgang mit Menschen. Solange sie ihren Spaß an ihm hatten, würden sie auch ein Glas Bier und womöglich einen Enzian springen lassen.

Er hatte sich nicht getäuscht. Minuten später hatten die Männer sich dem Kartenspiel zugewandt, das bekanntlich viel Aufmerksamkeit erfordert, weil man dabei rechnen muß. Der Ignaz aber trank an der Theke in Ruhe seinen Halbliterkrug, wohlgefällig ruhte der Blick seiner klaren Augen auf einem großen Glas Enzian, das vor ihm auf der blankgewienerten Tropfplatte stand. Niemand stellte auch nur die leiseste Forderung nach geliehenem Geld.

Später verließ der Ignaz die Wirtschaft und schritt die gewundene Dorfstraße entlang, bis die letzten Häuser weit zurücklagen. Der Sichelmond stand jetzt über dem Eis und den Felsgipfeln der Berge, in seinem Schein löste der Ignaz seinen Rucksack aus einem blühenden Jasminstrauch, in dem er ihn versteckt hatte. Er wandte sich von der Landstraße ab und stiefelte bergan.

Wie altes Silber leuchteten die Schneefelder hoch oben im Mondlicht. Felsüberhänge warfen blauschwarze Schatten auf den Neuschnee. Man konnte ihn bis ins Tal herab riechen. Der Mond war eigentlich grau und schrundig, aber sein Licht war frisch und rein. Der Ignaz wußte, daß es Myriaden winziger Fünkchen waren, die im lustigen Rudelflug den weiten Weg von der Sonne her kamen, auf dem Mond abprallten und nach dem kurzen Sprung zur Erde auf den Schneebergen landeten. Das Licht blieb aber nicht dort, sondern es kam in die Augen des Ignaz, und es war eine für ihn außerordentlich interessante Frage, warum das

Licht dann in ihm verschwand und praktisch verschluckt wurde. Der Ignaz besaß viel Interesse für wissenschaftliche Dinge und hätte eigentlich gern einen wissenschaftlichen Beruf ergriffen.

Obwohl er diesen stattlichen Enzian getrunken hatte und das Glas Bier, war sein Schritt fest und zügig. Natürlich wäre er gerne noch ein Stündchen bei einem weiteren Glas sitzen geblieben. Doch noch lieber und viel vertrauter, so wie Bruder und Schwester es sind, war ihm die Stille des Sternhimmels und der Wälder. Die Natur war seine gütige Freundin, und das Liebste, was sie je hervorgebracht hatte, war seine Tochter Luzi.

Als der Ignaz die Schlucht erreichte, nistete in den Felsen noch die Nacht, aber sie flüsterte schon mit der Dämmerung. Drüben am Waldrand äste friedlich das Reh mit dem verkrüppelten Bein, und über ihm in den Baumwipfeln war schon das Morgenkonzert der Vögel. Ein gutes Dutzend Sterne klammerte sich noch eigensinnig am Himmel fest, doch das Morgenrot und das Flimmergold über dem Eisgrat rückten ihnen näher.

Obwohl die Behausung vierhundert Meter entfernt im Dickicht lag, flüsterte der Ignaz: »Schlaf ruhig weiter, Luzi. Brauchst wegen mir nicht aufwachen.« Er löste seinen Rucksack, setzte sich auf den weichen Grasboden und lehnte sich müde an den dicken Stamm einer Rotbuche. Er wachte erst wieder auf, als er die Stimme seiner Tochter hörte.

Über sich sah er Luzis schmales Gesicht. Ihre kupferbraunen Haare fielen vornüber, dünne Falten zerteilten ihre hohe Stirn. Besorgnis stand in den graublauen Augen.

»Weshalb schläfst du nicht im Haus?« erkundigte sie

sich. »Oh, ich wollte diese herrliche Nacht im freien verbringen, Luzi«, antwortete der Ignaz gähnend. Er rappelte sich auf und streckte seine steifen Gliedmaßen. »Wenn man soviel reist, gibt es doch nichts Erfrischenderes als den Schlaf inmitten der Natur, und das in der eigenen Heimat.«

»Warst du denn wieder in einem heißen Land? In der Wüste Sara?«

Der Ignaz, der mit seinen Bartstoppeln und seinem dichten schwarzen Haar wie ein Wilderer aus einem Heimatfilm aussah, antwortete: »Die Sahara meinst du wohl. Na, so dumm werde ich nicht sein, zweimal in die Wüste zu reisen, wo es so manchen Fleck auf der Erde gibt, wo ich noch nicht gewesen bin. Ich erzähle es dir nachher beim Frühstück. Erst will ich mich waschen und frische Sachen anziehen.«

Wo am Bach, nahe den Felsen, drei aneinandergelegte Baumstämme einen Behelfssteg bildeten, wusch Luzis Vater sich mit dem eiskalten Wasser. Er hatte ein Stück rosafarbener, nach Lavendel duftender Seife dabei, in der ein Magnet steckte. Luzi bestaunte die Seife lange. Sowohl ihre helle Farbe wie ihr Geruch und der Magnet darin fanden ihre größte Bewunderung. Es war mit Abstand die schönste Seife, die sie je gesehen hatte; aber das sagte nicht viel, denn sie war, so lange sie denken konnte, nie aus der Schlucht und den umliegenden Bergen herausgekommen. Während sie jetzt den Strick um ihre Jeans fester zog, sagte sie:

»Ich habe was Neues entdeckt, Papi. Ich habe rausgekriegt, daß Bäume richtig wie Tiere leben. Ich weiß, wie man ihren Pulsschlag hören kann.«

»Wie kann man denn das?«

»Man muß die Stirn fest gegen die Rinde pressen und die Arme um den Stamm schlingen. Es dauert eine Weile, dann kann man den Pulsschlag hören.«

»Sehr interessant«, sagte ihr Vater, »wirklich, sehr interessant.«

»Nur manchmal muß man sehr lange warten, ehe man den Pulsschlag richtig hört.«

»Das macht nichts, Luzi. Ohne Geduld hätten die großen Forscher dieser Welt ihre Entdeckungen niemals machen können.«

In der Unterkunft heizte Luzi den Kanonenofen an, der noch aus dem Krieg stammte, und machte darauf Wasser in einem Blechtopf heiß. Wenig später saßen Vater und Tochter nebeneinander auf einem unbehauenen Baumstamm vor der Behausung in der Morgensonne. Der Ignaz aß vier gebratene Forellen und trank Kräutertee dazu. Luzi aß eine Forelle und eine rohe gelbe Rübe.

»Wo warst du diesmal?« erkundigte sie sich.

»Oh, diesmal war ich weit weg. Hast du schon mal den neuen dicken Stern am Himmel gesehen, der schnell wie ein Sekundenzeiger übers Firmament zieht?

»Ja. Ich hab' ihn schon oft gesehen.«

»Sie nennen ihn das Himmelslaboratorium. Es sitzen Menschen drin, und es ist eine erhebliche Ehre, darin mitfliegen zu dürfen.«

»Und du durftest es?«

»Oh, es war ein großes Erlebnis, Luzi. Schon das Vorspiel dazu. Der amerikanische Präsident saß auf einem weißen, goldverzierten Stuhl, und ich trat ihm auf einem roten Läufer entgegen.«

»Toll. Wie heißt der Präsident?«

»Wie er heißt? Washington. Jawohl, Washington. Und er klopfte mir auf die Schulter in einer Art, wie es nur ein Präsident kann«

»Aber ein König ist er nicht?«

»Nein, das nicht. Könige sitzen auf einem Thron und haben eine Krone auf dem Kopf. Washington trägt keine

Krone, aber er hat schöne Locken, ähnlich wie sie deine Mutter hatte, nur weiß.«

»Und dann? Wie ging's weiter?«

»Wir reisten durch sein riesengroßes Land. Es ist das Land der Indianer und der Büffel. Der Weg war nicht ungefährlich, denn auf den Bergen und in den Prärien lauerten die Rothäute. Doch unsere Limousine war schneller als alle ihre Rösser.«

»Limusine. Ein schöner Name für ein Pferd.«

»Eine Limousine ist kein Pferd, sondern ein Auto. Ein großes, geschlossenes Auto. Man sitzt darin wie in meinem Sessel. Also, die Pfeile der Indianer prallten davon ab, und wir erreichten glücklich die Startrampe, auf der bereits die Rakete qualmte, die mich, den Ehrengast, nach oben zu diesem Stern schießen sollte. Und dann der unvergleichliche Flug von der Erde hinweg, der Planetenkugel, die zusehends schrumpfte, bis sie nicht größer als ein Fußball war.«

Luzi nickte. »So wie es in der bunten Zeitung zu sehen war, die du mir mal mitgebracht hattest.«

»Richtig, genau so.« Der Ignaz löste mit den Fingern das heiße, dampfende Forellenfleisch von den Gräten und verschlang es. Kauend fuhr er fort. »Ich habe auch wieder Gastgeschenke erhalten. Diesmal zwanzig Schachteln weiße Dispersionsfarbe in Pulverform.«

»Wieder nichts zu essen. Was kann man damit anfangen?«

»Washington ließ mit dieser Farbe seinen Palast streichen. Es ist eine sehr seltene Ehre, daß er mir diese Farbe zum Geschenk gemacht hat, damit sein Palast und mein Haus auf ewig etwas Gemeinsames haben, weil sie mit derselben Farbe angepinselt sind.«

»Das war sehr großzügig von ihm«, sagte Luzi nachdenklich. »Es ist auf jeden Fall besser, als Schuhcreme zu kriegen, wenn man gar keine Schuhe hat.«

Nach dem Frühstück nahm Luzi die Porzellanteller, das verbogene Blechbesteck, die Pfanne und den Topf, in dem sie den Kräutertee bereitet hatte, und trug alles zum Bach hinüber, um es dort abzuspülen. Als sie zurückkam, war die Sonne über den Zackengrat der Berge im Osten gestiegen, so daß die letzten Schatten aus der Schlucht gewichen waren. Hummeln brummten schwerfällig über die Wiese. Eine hellblaue Libelle folgte neugierig dem Flug eines weißen Schmetterlings, vielleicht verehrte sie ihn. Der Schmetterling taumelte dahin wie trunken vom Glück, in einer so schönen Welt leben zu dürfen.

Am Waldrand stand das Reh und sah zu Luzi herüber. Das Mädchen betrachtete es eine Weile versonnen, dachte aber offensichtlich an ganz etwas anderes. Es schnickte dann doch mit den Fingern, um es herzuholen. Sichtlich erfreut über die Aufforderung, sprang das schmale Tier über die Wiese zu ihr hin und rieb seinen Kopf an ihrer Hüfte.

Luzi ließ es sich einen Augenblick gefallen. Dann sagte sie: »Genug. Verschwinde!« und klatschte in die Hände. Das Reh sprang davon, das Echo nahm den Laut der Hände auf, warf ihn zwischen den Felswänden hin und her, bis er irgendwo verging.

Nach einer Weile rief Luzi zu ihrem Vater hinüber: »Wo fliegt eigentlich der Schall hin?«

Der Ignaz erhob sich und kam langsam zu ihr hergeschlendert.

»Sieh«, sagte er, »das ist ganz einfach.« Er klatschte ebenfalls in die Hände und fuhr, ohne das Echo zu beachten, fort: »Der Knall springt in die Luft und macht Wellen, wie ein Stein, der ins Wasser fällt, nur siehst du sie nicht. Die Wellen sind Ringe, sie laufen nach allen Seiten, werden immer größer und immer flacher, bis sie ganz aufhören.«

»Na ja«, sagte Luzi herablassend, »mit dem Echo haut das aber nicht hin. Das ist, als ob die Berge damit Ball spielen. Wann bringst du mir wieder einen Ball mit?« Als der Vater keine Antwort gab, fragte sie: »Muß ich eigentlich immer hierbleiben?«

Der Ignaz hatte geahnt, daß der Tag kommen würde, an dem seine Tochter ihm diese Frage stellen würde. »Gefällt es dir hier nicht mehr?« fragte er dagegen.

»Doch, und ich möchte nie im Leben irgendwo anders wohnen. Aber ich möchte auch nie im Leben für immer hier wohnen. Ich weiß nicht, in mir ist plötzlich etwas, was sich streitet.«

»Das kann ich verstehen, Luzi. Es ist eine sehr schwierige und sehr ernsthafte Frage. Ich selbst werde dir niemals mehr geben können als das, was du ringsherum siehst.«

Um Zeit zum Überlegen zu gewinnen und neuen raschen Fragen auszuweichen, richtete sich der bärtige Mann auf und schlurfte auf seinen durchlöcherten Stiefeln über die Wiese. Zweifel plagten ihn. Er wußte nicht, ob er sich dem Kind gegenüber richtig verhielt. Er dachte an seine eigene Kindheit; Bilder vom Krieg, von detonierenden Bomben, von Sorge und Leid, von Hunger, Verzweiflung und von Krankheit bedrängten ihn. Schön waren nur die glücklichen Stunden in der Natur gewesen. Eigentlich floh er noch immer vor diesen Erinnerungen. Er malte sich aus, wie hilflos Luzi sein würde, wenn er sie jetzt in eine Stadt brächte. Er würde sie ihres wichtigsten Besitzes berauben, der Blumen und Tiere, der Wälder und Berge, die ihr wie Geschwister waren.

Später erzählte Luzi ihm von der Frau, die am Rande der Schlucht aufgetaucht war und der sie ihren Schlupfwinkel gezeigt hatte. Ihr Vater hörte sich alles ausführlich an und ließ sich jedes Wort wiedergeben, das die Frau gesprochen hatte. Sie war der erste Mensch, der die Unterkunft gesehen hatte, seit er sie nach dem Tode seiner Frau errichtet hatte. Er hatte damals die kleine Luzi im Rucksack hierhergebracht.

Luzi fährt in die Zivilisation

Die blonde Frau, die Veronika Ziegler hieß, konnte das Kind in der Schlucht nicht vergessen. Sie bemühte sich, die Gedanken daran zu verdrängen, doch es gelang ihr nicht.

Die Frau lebte in einem Häuschen im Stadtteil Freimann an der Stadtgrenze von München. Es war ein altes, teilweise aus Tannenholz errichtetes Haus mit kleinen Stuben. Der verwilderte Garten schien es überwuchern zu wollen. Veronika Ziegler hatte von ihrem Vater ein kleines Uhrengeschäft geerbt. Sie lebte davon, daß sie Reparaturen annahm und an Fabriken weitergab, wobei ihr eine kleine Gewinnspanne blieb.

Abends und an den Wochenenden meldeten sich die Bilder des schmalen, braunhaarigen Mädchens aus der Schlucht. Die Frau saß dann manchmal auf der kleinen Fichtenbank vor dem Haus und grübelte, manchmal sprach sie die Gedanken sogar aus, als suchte sie in sich selbst den Richter, der alles unvoreingenommen beurteilen konnte.

Ob sie wirklich nicht zur Schule geht? Und daß sie die Tiere herbeizaubern kann, ist natürlich Unsinn. Aber ich habe es doch mit eigenen Augen gesehen! Vielleicht habe ich alles nur geträumt? Manchmal glaubt man fest, etwas gesehen zu haben, und hat es in Wirklichkeit doch nur geträumt. Kann denn ein schlupflichtiges Mädchen vom Schulamt vergessenwerden? Und das Mädchen hat nur einen Vornamen, keinen Nachnamen. Es müßte Luzi Schlucht oder Luzi Namenlos oder Luzi Einsamkeit heißen.

Ein andermal wieder dachte die Frau: Das Kind ist nicht arm, womöglich viel reicher als ich. Für sie ist die Sonne nicht nur ein rundes Stück fernes Gold am Himmel, das man kaum zur Kenntnis nimmt, sondern ein echter Freund. Das Leben in der Schlucht ist voller Zauber für sie. Sie hat den Wolf, den sie über große Entfernungen rufen kann, und sie sieht ihre Mutter bei Vollmond im Wald. Sie ist ganz bestimmt reich, viel reicher als beispielsweise ich, und sie fühlt es wohl auch, sonst hätte sie mir nicht aus purem Mitleid das Markstück geschenkt.

Aber auch düstere Gedanken wanderten durch Veronikas Kopf. Was geschieht, wenn ein solches Kind nie zur Schule geht? Es kann doch nicht sein Leben lang im Walde bleiben, ohne Beruf, ohne Einkommen. Es will doch heiraten, wenn es erwachsen wird, das ist der Lauf der Natur. Was geschieht, wenn es plötzlich der Zivilisation gegenübersteht? Es wird versagen, der Wohlfahrt anheimfallen. Doch viel schlimmer: Was ist, wenn Luzi krank wird? Sie kann sich ein Bein brechen oder eine Lungenentzündung bekommen, eine Blutvergiftung oder eine andere schlimme Krankheit. Allein in der Schlucht müßte sie unausweichlich sterben, womöglich unter fürchterlichen Schmerzen.

Vor allem diese dunklen Gedanken waren es, die Veronika Ziegler nicht mehr losließen. Immer häufiger kehrte die qualvolle Vorstellung wieder, daß das Kind tot irgendwo in der Schlucht lag, während das Reh traurig und hilflos davorstand. Diese Bilder drangen bald auch nachts in Veronikas Schlaf und krallten sich in ihr fest, bis sie es nicht mehr ertrug.

Als spät im August die Kinder mit ihren in Signalfarben leuchtenden Ranzen wieder zur Schule gingen, besorgte Veronika sich aus der Stadt Wanderkarten des Gebiets um die Ortschaft Ried, die im Allgäu nahe der österreichischen Grenze liegt. Einen ganzen Tag lang studierte sie aufmerksam die Karten, die alle Erhebungen, Täler, Flüsse und Bäche, sogar Quellen und Waldstücke zeigten, doch die rätselhafte Schlucht konnte sie darauf nicht entdecken. Es gab viele Schluchten, aber keine, die Luzis Schlucht geähnelt hätte. Ganz augenscheinlich aber gehörte die gesamte Gegend zum Einzugsbereich des Kreises O., und deshalb telefonierte Veronika Ziegler mit dem dortigen Schulamt. Sie schilderte dem Beamten, mit dem sie verbunden war, ihr Erlebnis vom Frühjahr, erntete aber nichts als Spott.

»Unsere Kinder sind bis auf das allerletzte registriert, und sie gehen ohne eine einzige Ausnahme zur Schule«, sagte der Mann vom Schulamt. »Außerdem scheint mir das Gebiet eher zu Österreich zu gehören. Rufen Sie doch dort das zuständige Schulamt an. Allerdings: es gibt in ganz Mitteleuropa wohl kein schulpflichtiges Kind, das nicht zur Schule geht, es sei denn, es wäre krank. Wahrscheinlich hat ein Touristenkind sich in der Schlucht ein Zelt gebaut und Sie mit ein paar Lügen an der Nase herumgeführt.«

Betrübt ließ Veronika den Hörer auf die Gabel fallen. Bei jemand anders wäre das Kapitel Luzi damit vielleicht abgeschlossen worden. Aber nicht bei Veronika Ziegler. Zu tief hatte das Erlebnis in der Schlucht sie getroffen. Als bald der frühe Herbstregen gegen die Fensterscheiben getrieben wurde und in feinen Perlen daran niederlief, waren die Gedanken der jungen Frau schon viel konkreter geworden.

Im Speicher steht noch das alte auseinandergenommene Kinderbett, dachte sie. Ich werde Farbe kaufen, und Luzi und ich können es gemeinsam anstreichen. Wir werden es

weiß lackieren. Oder hellblau. Oder Luzi soll im Kaufhaus selbst die Farbe aussuchen. Ich werde Omas gemütliche gelbe Stehlampe neben das Bett stellen. Und Luzi kann die warme Daunendecke haben. Eine Wärmflasche werde ich ebenfalls brauchen, außerdem Vitamintabletten, Hustensaft und vieles andere.

Eines Tages schloß Veronika Ziegler ihren kleinen Uhrenladen und fuhr mit ihrem Auto nach Ried, über die Ortschaft hinaus ins Gebirge und so tief in den Wald hinein, wie es mit dem Wagen auf den regendurchweichten, meist nur aus Fahrrinnen bestehenden Wegen möglich war.

Es war ein kalter Septembertag. Veronikas Atem bildete vor ihrem Mund feine, windzerrissene Nebelwölkchen. Es war still, aus der Ferne drang der Schrei eines Raubvogels herüber. Sechs Stunden lang suchte sie, konnte die Schlucht aber nicht finden. Sie konnte überhaupt nichts finden, was sie an Einzelheiten des Weges erinnert hätte, auf dem sie im Frühjahr durch Zufall in Luzis Schlucht geraten war. Entmutigt kehrte sie am Abend in einen Gasthof in O. ein.

Nach mehrtägiger Suche glaubte sie, Opfer eines Alptraums geworden zu sein, der im Laufe der Monate die feste Gestalt der Wirklichkeit angenommen hatte. Doch noch einmal drang sie tief in unbekanntes Gebiet vor. Längst gab es hier keine Wege oder Pfade mehr. Oft mußte sie auf Händen und Füßen kriechen und sich an Wurzeln und Ästen festhalten, um auf dem glatten, feuchten Nadelboden nicht abzurutschen. Es war eine mühsame Suche, Meter um Meter durch unwegsames Dickicht. Veronikas zerschundene Hände bluteten.

Keuchend kämpfte sie sich vorwärts, niedergeschlagen und ohne jede Hoffnung, die kleine Schlucht jemals wiederzufinden. Doch plötzlich geriet sie an einen Bach, der in einer engen Klamm zu Tal schäumte. Dann öffnete sich der Fels wie ein Tor. Der Anblick deckte sich jäh mit dem Bild aus ihrem Gedächtnis. Sie hatte den Eingang zu Luzis Schlucht gefunden.

Die Anstrengungen hatten ihr Herz schon heftig pochen lassen. Jetzt aber kam noch die Aufregung dazu. Nach Luft ringend, blieb sie stehen. Regen strömte in die Schlucht, als wollte er sie zu einem See auffüllen. Die steilen Felswände waren naß und viel dunkler, als Veronika sie in Erinnerung hatte. Der Bach war über seine Ufer getreten, die Wiese sumpfig und mit großen Pfützen übersät. Das Orange der durchnäßten Zeltwand hatte sich zu einem stumpfen Braun verfärbt. Durch knietiefes Gras stapfte die Frau auf die Behausung zu.

Trotz der Kälte lag der kleine Teppich aufgeschlagen auf dem Dach. Drinnen saß Luzi im Türkensitz auf dem Holzboden, mit dem Schachspiel vor sich. Sie hatte die Schritte gehört und blickte erstaunt auf. »Oh«, sagte sie nur.

»Weißt du noch, wer ich bin?« fragte Veronika.

»O ja.« Sie stand auf und sah aus ihren graublauen, klaren Augen zu der Frau auf. Ihre von Kälte geröteten Finger hielten den schwarzen Schachkönig und drehten nervös daran. Weil ihr Gesicht nicht wie damals von Hitze gerötet war, sah sie blaß und schmal aus. Sie trug dieselben viel zu weiten Jeans, nur diesmal einen kaffeebraunen, dick gestrickten Rollkragenpullover dazu, so daß man von dem Hanfstrick nur das baumelnde Ende sehen konnte, und darüber noch die dunkelblaue Jacke eines Konfirmanden- oder Kommunionsanzuges. Sie sah verfroren aus, fröstelte jedoch nicht. Sie stand nur da und ertrug die Kälte, wie

Tiere sie ertragen, ohne sie weiter zu beachten, weil es die natürliche Weise ist, Kälte zu überstehen, wenn man ihr ohnehin nicht davonlaufen kann.

Veronika Ziegler war vom Anblick des Mädchens sofort gerührt. »Luzi«, begann sie in sanftesten Ton, »ich bin so glücklich, dich wiederzusehen.«

»Aha.«

»Ich bin gekommen, mit dir zu reden.«

»Hm.«

Die Frau sagte eine Weile nichts, statt dessen ergriff Luzi das Wort: »Warum weinen Sie denn? Sie sehen ziemlich durchgefroren aus. Am besten mache ich Ihnen erst mal einen heißen Tee, damit Sie wieder zu Kräften kommen. Als Sie das letzte Mal da waren, haben Sie auch so ein betrübtes Gesicht gemacht. Sagen Sie mir doch warum, vielleicht kann ich Ihnen helfen.«

Veronika Ziegler lächelte mütterlich. »Luzi, ich mache mir lediglich Sorgen um dich.«

»Um mich?«

»Weil du nicht zur Schuhe gehst, und weil ich...«

»Was ist denn daran schlimm, daß ich nicht zur Schule gehe?«

»Es ist natürlich nicht schlimm. Viel schlimmer wäre es, wenn du hier krank würdest, völlig allein, und niemand käme, um dir zu helfen.«

»Wieso soll ich denn krank werden? Das ist ein ziemlich blöder Gedanke von Ihnen.«

»Nein, Luzi, so dumm ist er nicht. Du könntest dir ein Bein brechen oder eine Lungenentzündung bekommen, oder...«

»Warum soll ich mir denn ein Bein brechen?« fragte

Luzi verwundert. »Oder Lungenentzündung kriegen? Da könnten ja ebensogut die Hasen und die Rehe draußen im Wald ein Bein brechen oder die Lungenentzündung kriegen. Nun kommen Sie schon rein. Ich mache Ihnen einen heißen Tee. Sie reden ziemlich wirres Zeug. Wahrscheinlich haben Sie Fieber.«

Luzi kniete vor dem Kanonenofen nieder und entzündete darin ein Feuer, dessen Flammen rasch hochloderten und das trockene, harzige Fichtenholz, das sie auflegte, prasseln und knistern ließen. Sie bereitete Tee aus Kräutern und Blüten, die auf einem Wandbrett lagen. Behutsam stellte sie mit den Fingerspitzen eine bestimmte Mischung her, so wie ein Apotheker ein vorgeschriebenes Rezept zusammenstellt. Die Frau setzte sich auf eine mit einem Stück Schaumstoff gepolsterte Kiste, die als Sitzgelegenheit diente. Sie zog ihre bunte Strickmütze ab, so daß ihre blonden Locken über die Schultern fielen, öffnete den Reißverschluß ihres Skianoraks und sagte:

»Luzi, ich kann mich als erwachsene Frau nicht einer gewissen Verantwortung entziehen, seit ich dich hier kennengelernt habe. Das ist unmöglich, und es wird unmöglich bleiben. Jeder andere würde an meiner Stelle ebenso handeln, nämlich hier in diese abgelegene Schlucht kommen, um mit dir zu reden und um dich nach Möglichkeit zu überzeugen, daß du hier nicht ewig weiterleben kannst.«

»Wieso kann ich das nicht?« erwiderte das Mädchen. Aus dem Klang ihrer Worte sprach jetzt eine unüberhörbare Wachsamkeit.

Luzi wußte ja, daß außerhalb der Grenzen ihrer Schlucht eine interessante Welt lag. Sie hatte schon oft von ihrem Vater davon erfahren.

Veronika fuhr fort: »Hast du außer deinem Vater überhaupt nie einen Menschen kennengelernt?«

»Brauche ich doch nicht.«

»Nicht einmal einen Hirten oder einen Senner gesehen?«

»Gesehen schon. Ab und zu sehe ich Menschen auf den Wegen, die mit farbigen Klecksen gekennzeichnet sind. Ich bin auch schon manchmal hingeschlichen und habe gewartet, bis welche kamen, und dann habe ich sie beobachtet, weil es mich interessiert hat, wie sie angezogen sind und wie sie reden.«

Der Kräutertee war aufgebrüht, und sein kräftiger Duft breitete sich in der Behausung aus. Luzi siebte ihn durch einen riesigen orangefarbenen Kunststoffkamm, den sie augenscheinlich nur für Küchenarbeiten verwendete. Sie nahm die einzige Porzellantasse, die mit dem Henkel an einem Nagel hing, füllte sie mit dem dampfenden Tee und reichte Veronika die Tasse. Dann ging sie zum Eingang der Unterkunft und zog den bunten Teppich herunter, so daß es fast dunkel im Raum wurde. Aber am Ofen drang rotes Flakkern durch die Ritzen, und ein warmer Schein kam von der glühenden Ofenwand, so daß alle Gegenstände im Raum sanft angestrahlt waren. Als sie die Tasse anfaßte, spürte die Frau, wie klamm ihre Finger draußen in der Kälte geworden waren.

»Früher, nach dem Krieg, haben wir in der Stadt auch so gelebt wie du hier, zumindest so ähnlich. Auch mit so einem Ofen und einem Behelfsdach, durch das manchmal der Regen tropfte, und das Ofenrohr ragte durch ein mit Pappe verkleidetes Fenster.«

»Wie kann man denn sonst leben?« fragte Luzi.

»Heute leben die Menschen viel angenehmer. Man drückt

nur noch auf Knöpfe, und es wird warm, oder das Licht geht an, oder Musik ertönt oder sonstwas.«

»Das hat mir mein Vater auch erzählt. Haben Sie Hunger?«

»Nein, danke. Ich habe vorhin noch eine Tafel Schokolade gegessen.«

»Haben Sie wirklich keinen Hunger? Ich könnte rausgehen und Ihnen aus dem Bach eine Forelle holen und sie braten, wenn Sie wollen.«

»Nein, wirklich nicht, Luzi. Ganz bestimmt nicht.« Veronika Ziegler trank in winzigen Schlücken von dem sehr heißen Tee. »War dein Vater wieder mal da?« erkundigte sie sich.

»Seit Sie hier gewesen sind, zweimal«, antwortete Luzi.

»Und wann wird er wiederkommen?«

Sie zuckte die Achseln. »Weihnachten bestimmt.«

»Und hast du deine Mutter wiedergesehen?«

Sie nickte. »Auch zweimal. Einmal an dem Tag, bevor die Mondfinsternis kam.«

Veronika schlürfte mit spitzen Lippen von dem Tee. Sie kam jetzt auf den Grund ihres Besuches zu sprechen. »Kein Mensch kann auf die Dauer ganz allein leben, Luzi. Der Mensch ist ein geselliges Wesen, er verkümmert, wenn er immer auf sich allein gestellt ist. Kind, du mußt unter Menschen kommen. Und du wirst dich in eine völlig fremde Umgebung einleben müssen.«

Luzi hörte aufmerksam zu. Die rote Glut aus dem Ofen spiegelte sich wie winzige Miniaturen in ihren Augen, die fest auf die Besucherin geheftet waren. Sie schien brennende Neugierde zu empfinden, über das Leben draußen mehr zu erfahren. Doch so manches, was die Frau redete, verstand sie offenbar nicht, denn ihre Stirn blieb ständig gefurcht. Von ihrem Vater hatte sie stets handfeste Abenteuer und bildhafte Sensationen aus der weiten Welt erfahren, von dieser Frau jedoch nicht.

Veronika fuhr fort: »Ich bin gekommen, um dich zu bitten, mit mir zu kommen. Du sollst dir das Leben in der Stadt ansehen. Auch wenn du dich dann entscheiden solltest, weiterhin hier in der Schlucht zu leben, mußt du doch wissen, wie es draußen aussieht, Luzi. Nur um dir dies zu vermitteln, bin ich hergekommen.«

Das magere Mädchen, das den Sinn dieser Worte nur ungenügend verstand, fragte: »Sie meinen also, ich soll mal mitkommen und es mir ansehen, ja?«

»Genau das.«

»Na gut, dann gehen wir. Es wird zwar Nacht, aber Sie müssen sich eben dicht an mich ranhalten, daß Sie auf dem Weg nicht verlorengehen. Ich will nur verschiedenes Zeug mitnehmen, auch ein paar Tomaten, damit wir unterwegs was zu essen haben.«

Nachdem sie ein paar Habseligkeiten in zwei Plastiktüten eines Supermarktes gepackt und die Tüten an ihren Griffschlitzen zusammengebunden hatte, setzte sie sich noch einmal auf den Fußboden und schrieb mit einem riesigen Reklamebleistift auf einen Bogen Packpapier einen Brief. Mit größter Konzentration malte sie angestrengt, mit zusammengekniffenen Lippen, merkwürdige Runen, Kringel, Achter, Dreiecke, seltsame Gebilde, die wie Sonne, Schneekristalle und Tannenbäume aussahen. Als der zerknitterte Bogen vollgeschrieben war, heftete sie ihn mit einem Reißnagel an ihr Pappregal.

»Also gehen wir«, wiederholte sie.

»Was hast du denn da gemalt?« erkundigte sich Veronika verdutzt.

»Für meinen Vater einen Brief. Nur damit er Bescheid weiß.«

»Wovon denn Bescheid?«

»Na, daß ich mit 'ner Frau gehe und Weihnachten spätestens wiederkomme.« Wohlgefällig musterte sie ihren Brief, der an dem Regal hing. »Es steht auch drin, daß er sich keine Sorgen machen braucht.«

»Schreibt ihr euch öfter solche Briefe?«

»Ab und zu. Wenn mal einer fortgeht, ohne daß der andere es weiß.«

»Und er kann den Brief lesen?«

»Natürlich, er hat mir ja das Schreiben so beigebracht. Können Sie ihn nicht lesen?«

»Ausgeschlossen.«

»Ist wohl nicht die Schrift, wie man sie in der Schule lernt?«

»Nein, Luzi, in der Schule lernen die Kinder eine völlig andere Schrift.«

»Die Schrift, die auch in den Zeitungen steht?«

»Ja, dieselbe Schrift.«

»Die ist allerdings anders«, sagte Luzi, »aber schöner ist meine Schrift auf jeden Fall.«

Veronika Ziegler stellte noch eine Frage: »Weißt du denn überhaupt, wann Weihnachten ist?«

»Nicht ganz genau«, antwortete das Mädchen, »aber ich merke es, wenn es kommt. An der Stimmung im Wald. Und die Tiere kommen dann zu mir.«

Aus dem Lärchenwald kam die Nacht und füllte die Schlucht mit Dunkelheit. Veronika und Luzi begannen ihre mühsame Wanderung. Manchmal schreckte im Wald ein Reh auf, und am Prasseln im Unterholz und am Poltern der Hufe auf dem Waldboden hörte man, wie es in weiten Sprüngen davonsetzte. Die hoch aufragenden Fichten neigten sich im Wind. Es sauste in ihren Wipfeln, ihre Stämme knarrten. Geruch von Schnee, der von weither aus den Bergen kam, lag in der Luft.

Obwohl die beiden Wanderer erst spät am Abend das verlassene Fahrzeug im Wald wiederfanden, war die Frau doch überrascht, welch verhältnismäßig kurze Zeit sie benötigt hatten; denn der Marsch zur Schlucht hatte mindestens fünfmal so lange gedauert.

Luzis Fingerknöchel dengelten gegen das Wagendach. »Ganz aus Eisen«, sagte sie anerkennend. »Von den Bergen aus habe ich sie oft winzig klein auf den Straßen rumfahren sehen.«

Veronika öffnete die Türen. »Setz dich«, sagte sie. Sie legte Luzis Doppeltüte mit ihren Habseligkeiten auf den Rücksitz und setzte sich ans Lenkrad. Sie startete den Motor, das Licht der Scheinwerfer flog jäh in den Wald und ließ überall Schatten entstehen. Veronika wendete den Wagen und fuhr langsam los. »Sind gemütliche Sessel drin«, sagte Luzi.

»Du bist noch nie im Auto gefahren, nicht wahr?«

»Nein, ich habe immer gewartet, daß mal eins zu uns in die Schlucht kommt, aber es hat sich keins blicken lassen.«

Sie saß steif und breitbeinig da, ohne sich in den Polstern anzulehnen, die Hände hielt sie auf dem Schoß verschränkt. Eine Weile blickte sie nicht nach draußen, sondern starrte nur das silberne und goldfarbene Typenzeichen an, das am Armaturenbrett blinkte. »Sieht toll aus«, sagte sie.

»Was sieht toll aus?«

»Das hier. Kann man es anfassen?«

»Das Zeichen? Natürlich. Weshalb nicht.«

»Könnte ja sein, daß es heiß ist, und man verbrennt sich die Finger dran.« Sie strich behutsam mit den Fingerspitzen drüber, als fürchtete sie, das schöne Zeichen kaputtzumachen. Offenbar hielt sie das Typenzeichen für einen großen Schatz. Über einen Feldweg erreichte das Fahrzeug eine schmale, brüchige Asphaltfahrbahn, aus deren Ritzen Unkraut und Blumen wuchsen, und diese Straße führte zu der Bundesstraße, an der die Ortschaft Ried lag. Veronika hielt kurz an, um sich zu ihrem Fahrgast hinüberzulehnen und ihm den Sicherheitsgurt anzulegen. »Ich will nicht gefesselt werden!« protestierte Luzi.

»Es ist keine Fessel. Es verhindert nur, daß du bei einem Zusammenprall mit einem anderen Wagen durch die Scheibe oder sonstwohin fliegst.«

»Werden wir denn einen Zusammenprall haben?«

»Ganz gewiß nicht. Es ist nur eine Sicherheitsvorkehrung.«

Die Versammlung der Tiere

Mitten in der Nacht stieg Veronika Ziegler noch einmal die schmale Fichtenholztreppe hoch, die steil zu den Mansardenzimmern ihres kleinen Häuschens führte. Sie öffnete die Tür zu Luzis Kammer einen kleinen Spalt. Ein Streifen Licht fiel quer übers Bett. Die alte Liegestatt mit dem hohen Fuß- und dem noch höheren Kopfende war bis auf die aufgeschlagene Daunendecke leer. Luzi lag auf dem langhaarigen weißen Bettvorleger, nur mit dem geblümten Kopfkissen zugedeckt, und schlief. Feine Strähnen ihres Haares lagen vor ihrem Mund und bewegten sich mit den Atemzügen.

Die Frau schloß leise die Tür und stieg die Treppe hinunter. Nun wußte sie, daß dies alles kein Märchen und auch kein Traum war, sondern daß das Mädchen aus der Schlucht wirklich bei ihr wohnte und daß es, zumindest vorübergehend, unter ihrem Schutz und ihrer Fürsorge stand. Eine Welle von Glück stieg in ihr hoch, machte aber bald sorgenvollen Gedanken Platz.

Ich darf sie nicht zu sehr liebgewinnen, dachte sie. Es ist nicht anders, als wenn einem kleinen Mädchen ein junger, halbverhungerter Hund zuläuft, der naß von Regen und zitternd vor Kälte um ein bißchen Liebe bettelt und den es dann um nichts in der Welt mehr hergeben will.

Und wenn das Jugendamt von ihrer Existenz erfährt? Wird man sie mir nicht unverzüglich wegnehmen und in ein Heim einliefern?

Aber hätte das Jugendamt nicht recht, wenn es mir das Kind nähme? Es ist ja viel zu gefährlich, sie allein im Haus zu lassen. Weiß sie denn, daß man mit elektrischen Kabeln nicht spielen darf? Daß man in die Fassung einer Glühbirne nicht hineingreifen darf? Daß man in einen Kühlschrank nicht hineinkriechen darf, weil seine Tür zuschlagen und man darin ersticken könnte. Alle diese Gefahren kennt Luzi nicht...

Sie nahm sich vor, viele technische Apparate, die sie nur verwirren würden, von Luzi vorerst fernzuhalten. Über das Telefon in der Diele wollte sie einen Mantel hängen. Zum Glück wurde sie kaum einmal angerufen.

Unter schweren Gedanken schlief Veronika endlich ein.

Als Luzi wenig später erwachte, mußte sie angestrengt grübeln, um herauszufinden, ob sie träumte oder wach war. Nach und nach fielen ihr aber die Ereignisse der letzten Stunden ein, der lange Weg im Auto bis zu den bunten Lichtern der Stadt, und wie die Frau ihr Gesicht und Hände gewaschen und sie in den Schlafanzug gekleidet hatte.

Jetzt vernahm sie in der Finsternis ein seltsames Geräusch. Irgendein Lebewesen war in unmittelbarer Nähe und tippelte auf feinen Krallen in gleichmäßigem Lauf dahin, ohne sich jedoch zu entfernen. Aufmerksam lauschte Luzi diesem Tippeln. Das Tier hatte es offenbar eilig, doch trotz hurtigem Lauf vermochte es sich nicht zu entfernen. Luzi begann dieses Lebewesen, das keinerlei Geruch hatte, zu suchen. Ihre Hände stießen gegen hölzerne Kanten von Schränken und gegen einen Schaukelstuhl, der zu wackeln anfing. Schließlich kniete Luzi unmittelbar vor dem Tier. Ihre ausgestreckten Hände näherten sich ihm vorsichtig. Das tippelnde Lebewesen fühlte sich kalt an. Es war ein kleiner Kasten, den man mit beiden Händen gerade umgreifen konnte. Das feine Geräusch blieb darin und änderte sich nicht.

»Es ist so was Sonderbares wie ein Auto«, murmelte Luzi. Ihre Neugier war geweckt worden, und sie machte sich auf den Weg, andere interessante Dinge kennenzulernen. Als nächstes fand sie einen Ofen, der wärmte, ohne daß augenscheinlich Feuer in ihm war. Er bestand aus einer Reihe flacher, aneinanderhängender Röhren. Sicher loderte ein Feuer in ihnen, denn sonst hätten sie nicht so warm sein können, aber auf keiner Seite konnte man Flammen oder die Öffnung erkennen, durch die man frisches Holz auflegte, um das Feuer in Gang zu halten. Es war ein äußerst merkwürdiger Ofen.

Darüber war ein Fenster aus Glas, wie Luzi es von ihrer Behausung in der Schlucht kannte. Ein feiner Wind kam durch den Spalt herein und spielte mit dem Vorhang. Den Wind kannte Luzi gut, es war fast der gleiche Wind wie in der Schlucht. Er roch auch nach Regen, der aus nassen Wiesen verdunstet, aber dieser Regen und diese Wiesen mußten krank sein, denn der Wind roch wie ein kranker Bruder des Windes, der in der Schlucht und auf den Bergen wehte.

Im Gegensatz zu dem Fenster in der Schluchtbehausung konnte man dieses Fenster bewegen und den Spalt vergrößern. Der kühle Wind war jetzt stärker als die Ofenwärme, und Luzi erinnerte sich plötzlich der Worte ihrer Mutter, die gesagt hatte: »Wenn ich nicht da bin, um dich zu wärmen, dann zieh dich stets warm an, damit du dich nicht erkältest.« Luzi lauschte dieser Stimme, die sich zurückzog und auf dem Rücken des Windes davonflog und keine weiteren Erinnerungen preisgab.

Manchmal war es so, daß kein Vollmond war, und Luzi hörte trotzdem die Stimme ihrer Mutter, die in der Nähe war und sie behütete und ihr Ratschläge erteilte. In der Schlucht hatte Luzi oft versucht, dieser Stimme nachzulaufen und sie einzufangen. Ihre Ohren hörten die Stimme, doch ihre Augen sahen die nicht, die sprach, und ihre Hände fühlten sie nicht, und deshalb blieben Augen und Hände unbefriedigt. Dann kam der kleine Vogel Enttäuschung und flatterte durch sie hindurch und wieder davon, und erst danach war die Welt wieder fröhlich und hell.

Das Mädchen entfernte sich jetzt vom Fenster und kroch auf dem langhaarigen Teppich und auf Holzdielen herum, bis es seine Wollsocken, die Schuhe, die viel zu weiten Jeans, den Rollkragenpullover und die Jacke gefunden hatte. Sie zog alles über den dicken Schlafanzug, den die Frau, die ihr die Großstadt zeigen wollte, ihr gegeben hatte.

Luzi kroch aus dem Fenster, setzte sich auf das blechbeschlagene Fensterbrett und blickte sich draußen um. Hier war es nicht ganz so finster wie im Zimmer, Licht kam von einer einsamen Lampe, die ziemlich weit entfernt im Wind schaukelte und sich offensichtlich langweilte. Weil sie brannte, konnte sie natürlich nicht schlafen und ließ sich vom Wind herumschubsen, dem einzigen Kumpan, der um diese Zeit wach war. Bis auf einen Meter an das Fenster heran reichten die knorrigen Äste eines Nußbaums, also nahe genug, daß man hinüberspringen konnte. Die Äste fingen Luzis Aufprall ab, und vom untersten Ast sprang sie auf den Boden. Barfuß hätte sie leicht an der Nußbaumborke hinabklettern können. Sie konnte, wenn sie barfuß war, an Baumstämmen hinauf- und hinunterklettern, vorausgesetzt, sie hatten keine glatte Rinde wie etwa Buchen oder Birken. Luzis Zehen waren stark und trainiert genug, sie auf grober Borke zu halten.

Auf dem Grasboden folgte Luzi einfach dem Weg, den ihr die Neugier vorschrieb. Sie überquerte ein Rosenbeet und stieß vor einem Komposthaufen auf eine graue Katze, die sich mit leisem Miauen näherte. Luzi kniete nieder und gab der Katze den Auftrag, zu ihr zu kommen und ihr aufs Knie zu springen.

Das regennasse Fell des Tiers fühlte sich filzig und ungesund an. Die Sehnen und Muskeln waren nicht so geschmeidig und nicht so vollendet ausgebildet, wie sie es bei Wildtieren im Wald waren. Diese Katze litt unter derselben Krankheit wie der Regen und der Wind, was für eine Krankheit es auch sein mochte.

Draußen auf der Straße, jenseits einer ziemlich verwilderten Hecke, war jetzt das Geräusch schlurfender Schritte zu hören. Augenblicke später begann im gegenüberliegenden Garten ein großer Hund zu bellen. Je mehr diese Schritte sich näherten, desto wilder und haßerfüllter wurde das Gebell. Luzi ließ die Katze ins Gras gleiten und ging zur Hecke und teilte das dichte Laub mit den Händen, um den Vorgang besser beobachten zu können.

Eine riesige gelbe Dogge rannte, halb wahnsinnig vor Wut, an einem Drahtzaun entlang, sprang mit gewaltigem Anlauf hoch in die Maschen und zeigte beim Zähnefletschen mehr Gebiß als ein Haifisch. Es war völlig klar, daß sie nur eins im Sinn hatte, nämlich den nächtlichen Ruhestörer in Stücke zu reißen.

Dieser Ruhestörer war ein Mann, der die gesamte Fahrbahn und die Gehsteige für seinen Zickzackgang benötigte. Er erinnerte Luzi an ihren Vater, wenn er zuviel von seinem scharfen Zeug getrunken hatte. Die bissige Dogge schien dem Mann so viel Angst einzujagen, daß er sich nicht am Gartengrundstück vorbeiwagte. Er murmelte eine Verwünschung, drehte sich um und verschwand torkelnd um die nächste Ecke.

Luzi wühlte sich durch die Hecke hindurch auf den Gehsteig und ging über die Straße zu dem Hund hinüber. Die gelbe Dogge gebärdete sich wie toll vor Haß. Sie sah wahrhaft schrecklich aus in ihrem Verlangen, Luzi die Kehle durchzubeißen. Doch das Mädchen hatte keinerlei Furcht. Auch die graue Katze, die ihr über die Fahrbahn gefolgt war, ließ sich nicht im geringsten einschüchtern. Augenscheinlich hielt sie das kriegerische Gehabe des Hundes überhaupt nicht der Rede wert, oder sie war es bereits gewohnt – denn weder sträubte sich ihr Fell noch fauchte sie, noch spreizten sich ihre Krallen.

Luzi kletterte über den Maschendrahtzaun auf das von der Dogge bewachte Gartengrundstück. Der mächtige Hund führte einen wilden Kriegstanz um das Mädchen auf und kündigte ihm bellend und zähnefletschend ein schreckliches Ende an. Die Katze war unter dem Spanndraht des Zauns hindurchgeschlüpft, saß unbeteiligt auf dem kurzgeschorenen Rasen und leckte das graue Fell ihrer linken Vorderpfote sauber.

Luzi machte einen Handstand und ging auf Händen auf den großen Hund zu, dessen Gebell im selben Augenblick verstummte. Mit größter Verwunderung betrachtete er, was sich seinen Hundeaugen darbot. Nie zuvor hatte er einen

Menschen auf diese Weise gehen sehen. Luzi sprang auf die Beine und besichtigte, ohne sich weiter um den Wachhund zu kümmern, den Garten. Die Dogge und die Katze folgten ihr. Luzi balancierte auf der grün gestrichenen Stange einer Kinderschaukel und verschwand von da im Laub einer Kastanie. Gleich darauf heulte sie wie ein Wolf aus dem Wipfel und rief damit in dem Hund Erinnerungen wach an Bilder, die er nie gesehen hatte. Er winselte erst und heulte dann mit, und unbestimmbare Sehnsüchte nach einem freien Leben in einem weiten Land erfüllten ihn.

Mit der Zeit erschienen noch mehr Tiere auf der nächtlichen Bühne in dem großen Garten. Schläfrig und gähnend fanden sich Hunde ein. Fledermäuse kamen in unruhigem Flug aus dem Dunkel und kehrten dorthin zurück. Katzen kamen, Igel, Frösche und eine Eule. Das Mädchen im Baum ahmte alle ihre Stimmen nach, außer den Stimmen der Fledermäuse, die der Mensch nicht hören kann.

Und die versammelten Tiere waren so entzückt, daß sie selbst ihre Stimmen hören ließen. Das gab ein Miauen und Bellen, ein Fauchen und Quaken, es weckte fast die gesamte Nachbarschaft auf. Hinter Fenstern flammte Licht auf, Menschen schrien herüber, und in ihren Protestrufen war die Rede von Polizei und Feuerwehr.

Das Nachtkonzert der Tiere erstarb, die nächtliche Ruhe kehrte wieder ein, die Tiere schlüpften aus dem Garten. Der Rasen lag verlassen da, als hätte es nie eine solche Versammlung gegeben. Die Lichter erloschen, die Fenster wurden geschlossen, Luzi rutschte vom Kastanienbaum. Die Katze saß vor ihr und sah sie aus grüngelben Augen an, und die gelbe Dogge kam zögernd auf Luzi zu, blieb aber zwei Schritt vor ihr respektvoll stehen.

»Na komm schon«, sagte Luzi müde.

Die Dogge kam näher, wedelte eifrig mit dem Schwanz, als wollte sie sich für die unhöfliche Begrüßung entschuldigen, und ließ sich von Luzi streicheln.

Als Luzi über das Geäst des Nußbaums wieder in ihr Mansardenzimmer zurückgekehrt war, zog sie sich bis auf den Schlafanzug aus und legte sich schlafen. Ihre letzten Gedanken galten den Tieren, die sie gesehen hatte. Sie waren allesamt nicht so gesund wie die Tiere in der Schlucht und den angrenzenden Wäldern und Bergen. Weshalb nicht? Der Wind war krank, in ihm war der Geruch, der auch in dem Auto gewesen war, mit dem sie hergefahren war. Auch das Gras in den Gärten war krank, das war kein Wunder, denn es hatte keine Spitzen mehr. Nur die jüngeren Halme hatten Spitzen, die größeren nicht, irgend jemand hatte sie ihnen wohl abgeschnitten.

Die Tiere waren nicht nur krank, sondern auch bedrückt. Die Hunde sahen häßlich aus, zu mager oder zu fett, rochen nach Seife und ähnlichem Zeug, und alle hatten sie Lederbänder oder Ketten um den Hals mit blinkenden Marken daran. Luzi malte sich aus, wie die Tiere in der Schlucht sie ansehen würden, wenn sie hinginge und ihnen solche Bänder, Ketten und klappernde Münzen um den Hals knüpfte. Allen Hasen, Rehen, Hirschen, Wildschweinen, Dachsen, Füchsen und so weiter. Und dann war noch das lärmende Rauschen in der Ferne, dort, wo der Lichtschein am Horizont stand. Vielleicht waren die Tiere deshalb so ungesund, weil Lichtschein und Lärm sie störten und sie nicht in Ruhe schlafen ließen.

»Ich werde den Hunden die Lederbänder abnehmen«, murmelte Luzi gähnend, ehe sie einschlief.

Rätsel der Technik

Am Vormittag mußte sich Luzi den Qualen und Freuden eines Duschbads unterziehen. Nie zuvor in ihrem Leben hatte sie sich mit warmem Wasser gewaschen; dies war also eine vollkommen neue Erfahrung für sie. Sie trug jetzt geföhnte Haare mit einem ordentlich gezogenen Mittelscheitel und zwei roten Seidenschleifchen hinter den Ohren. Die Frau hatte sie mit engen rosafarbenen Hosen und einem eidottergelben Kaschmirpullover ausgestattet, einem teuren Stück aus einer Kinderboutique.

In einem halben Dutzend Geschäften hatte sie versucht, Schuhe für Luzi zu bekommen, und zu diesem Zweck einen der ausgetretenen Stiefel des Mädchens mitgenommen. Die Verkäufer und Geschäftsführer bestaunten diesen Stiefel wie ein Museumsstück. Sie stellten fest, daß der Schuh Größe 34 war, die Zehenkappe jedoch mindestens Größe 40 oder sogar 41. Es erwies sich als unmöglich, passendes Schuhwerk für Luzis überbreite Zehen zu bekommen. Die Verkäuferinnen in den Schuhgeschäften schlugen deshalb vor, ihr in einem orthopädischen Schuhgeschäft Stiefel anpassen zu lassen. Zu ihrer Freude durfte Luzi zunächst ihre alten Schuhe behalten. Zu Mittag gab es in Veronikas Wohnküche extralange Spaghetti mit einer roten Hackfleischsoße. Mit der Gabel hob das Mädchen eine der Nudeln an, die länger und länger wurde. Sie entrollte sich bis ans Knie und schließlich fast auf den Linoleumboden. Eine gute Minute lang widmete Luzi ihre ungeteilte Aufmerksamkeit ausschließlich dieser einzelnen Nudel, die sie pendeln ließ und von allen Seiten betrachtete. Danach aß sie ein halbes Pfund von den Spaghetti, anschließend einen Honigpfannkuchen, einen Karamelpudding, einen Zitronenpudding und ein Stück Linzer Torte.

Nach dem Mittagessen sagte Veronika, sie müsse in der Stadt Einkäufe erledigen und werde etwa zwei Stunden wegbleiben. Sie legte Luzi die Hand auf die Schulter und sah sie aus ihren blauen Augen mütterlich an. »Luzi, ich werde dich oben in deinem Zimmer einsperren müssen. Ich tue es nur dir zuliebe, und ich möchte es auch nur während der ersten Tage tun, so lange, bis du dich eingelebt hast und weißt, welche Gefahren im Haus und in der Umgebung auf dich lauern. Für die Zeit, in der du alleine bist, gebe ich dir noch ein paar Bücher zu lesen.«

»Ich kann nicht lesen«, erwiderte Luzi.

»Ich weiß. Aber du kannst die Bilder ansehen. Ich werde dir Bücher und Zeitschriften mit vielen bunten Bildern geben.«

Nachdem Veronika Ziegler das Haus verlassen hatte, riß Luzi solange an der neuen Hose, bis eine der Seitennähte an der Hüfte geplatzt war und die Hose dadurch bequemer wurde. Auf einem Polsterstuhl lag ein Stoß bebilderter Bücher und Hefte, doch Luzis Blick traf auf viele andere sehenswerte Dinge, beispielsweise auf den chromblitzenden Thermostaten der Heizung, an dem man drehen konnte. Es gab eine Nachttischlampe mit einem orangefarbenen Schirm, die man anknipsen und ausknipsen konnte. Auch die Tellerlampe an der Zimmerdecke konnte man mit einem weißen Schalter neben der Tür an- und ausmachen.

Eine Zeitlang knipste Luzi die Deckenlampe an und

aus. Dann die Nachttischlampe. Danach drehte sie eifrig am Heizungsthermostaten. Anschließend suchte sie nach weiteren Gegenständen im Zimmer, an denen man drehen konnte, und stieß dabei auf einen braunen polierten Kasten, der silberne Knöpfe besaß, an denen man drehen konnte. Ein roter Strich wanderte auf einem Schriftband hin und her. Luzi drehte und ließ den Strich wandern. Weil sie den Erfolg sah, machte dies mehr Spaß, als an dem Thermostaten der Heizung zu drehen. Sie drehte auch an dem zweiten Silberknopf des braunen Kastens, da ertönte zu ihrer größten Verblüffung plötzlich eine Stimme.

Luzi blickte um sich, sah jedoch niemanden. Die Stimme blieb trotzdem da. Es war eine männliche Stimme, die zwar in der Sprache des Mädchens redete, jedoch viele Wörter gebrauchte, die es nicht verstand. Eine Weile suchte Luzi im Zimmer herum, um den Mann zu finden, bis ihr klar wurde, daß die Stimme aus dem braunen Kasten kam. Tatsächlich: wenn sie nur ein wenig an dem Silberknopf drehte, wurde die Stimme lauter oder leiser.

Die Hände in die Hüften gestemmt, stand Luzi lange und rätselnd vor diesem Kasten. Es schien ihr sehr verwunderlich, daß ein Mann sich in einem so kleinen Kasten verkriechen konnte, aber es gab keinen Zweifel daran, daß er es auf irgendeine Weise geschafft hatte.

»Kommen Sie doch raus«, sagte sie.

Der Mann aber redete unbeirrt weiter.

»Hallo, kommen Sie doch raus!« wiederholte Luzi.

Der Mann ließ sich jedoch nicht im geringsten stören. In dieser Hinsicht ähnelte er ihrem Vater, der sich bei seinen Selbstgesprächen ebenfalls nicht stören ließ, wenn er vorher von seiner scharfriechenden Limonade getrunken hatte. »Sie brauchen sich nicht verstecken«, sagte Luzi. »Erstens weiß ich, wohin Sie sich verkrochen haben; zweitens tue ich Ihnen nichts, wenn Sie rauskommen.«

Der Mann ließ sich jedoch weiterhin nicht beirren, sondern redete unentwegt, als hätte er Luzi überhaupt nicht gehört. Das ärgerte sie mächtig. Sie war begierig, den Trick zu erfahren, mit dem der Mann es fertiggebracht hatte, sich so klein zu machen, daß er in den Kasten paßte, der nicht größer als ein Seifenkarton war. Sie drehte das Gerät hin und her, fand aber keine Tür und auch kein Fenster, durch das man hätte hindurchgehen können, vorausgesetzt, daß man klein genug war. Der Kasten sah also nur so aus wie ein Haus, war aber in Wirklichkeit keins.

»Sie sind blöd«, sagte Luzi zu dem Mann. Dann kicherte sie und fuhr fort: »Passen Sie auf, ich bringe Sie zum Schweigen. Dann können Sie meinetwegen ewig im Kasten bleiben.« Sie drehte an dem Knopf, bis die Stimme leiser wurde und ganz erstarb. Dann ging sie zur Tür und fand, daß sie zugesperrt war. Die Messingklinke bewegte sich nach unten, die Tür blieb jedoch verschlossen.

Luzi zog die Stirn kraus, drehte sich auf dem Absatz um und blickte im Zimmer umher. Dann trat sie ans Fenster und klemmte ihre Fingernägel in die Fuge, in der sie den Spalt vermutete, den man vergrößern konnte, bis er groß genug war, um herauszukriechen. Das Fenster ließ sich aber so nicht öffnen. Luzi versuchte, die Scheibe mit der flachen Hand wegzudrücken, auch das mißlang. Darauf suchte sie am Fensterrahmen nach blinkenden, glänzenden Teilen und zog, zerrte und rüttelte an ihnen. Tatsächlich klappte der Spalt plötzlich auf, und das Fenster ließ sich spielend leicht öffnen.

Eben wollte Luzi wieder vom Fensterbrett auf einen der ausladenden Äste des Nußbaums hinüberspringen, als ein jäher Schreck sie durchfuhr. War der Mann in seinem kleinen Kasten jetzt erstickt, weil sie den Knopf ganz leise gestellt hatte? Sie lief noch einmal zu der Vitrine zurück und drehte an dem Silberrädchen des polierten Kastens, und sofort schwoll die Stimme des Mannes zu großer Lautstärke an. Er lebte also noch und war nicht erstickt. Luzi drehte mit ihren dünnen Fingern das Rädchen zurück, schaltete jedoch vorsichtshalber nicht ganz ab, damit dem Mann auf jeden Fall genügend Luft zum Atmen bliebe.

Vom untersten Ast des Nußbaums sprang sie auf den Erdboden und wandte sich dem Teil des Gartens hinter dem Haus zu, der mit Jasmin- und Forsythienbüschen, kleinen Tannen und Zwergkiefern bestanden war. Eine schmale, mit einem Fliegengitter versehene Tür führte in die Küche. Die Tür war abgesperrt, aber das Küchenfenster war nur angelehnt und ließ sich nach innen öffnen. Mit einem Klimmzug schwang sich Luzi auf die Fensterbank, und von dort rutschte sie auf den Fußboden der Küche, die sie ja bereits kannte.

Sie trat auf den Flur, sein dunkler Teil führte in unbekannte Gegenden. Luzi öffnete eine schmale Tür und blickte in eine Besenkammer. Eine weitere Tür am Ende des Flurs neben der Kellertreppe war nur angelehnt. Aus dem dunklen Raum drang ein merkwürdiges Rauschen, das dem des Bergbachs in der Schlucht ähnlich war. Dieser Raum hatte einen groben Steinboden. Gelblackierte Rohre umliefen ihn an den Wänden, und von den Ecken aus waren über Kreuz Wäscheleinen aus giftgrünem Kunststoff gespannt. An einer Seite stand ein weißer Schrank mit einem runden Glasfenster, durch das man ins Innere sehen konnte. Dort drehte sich etwas, eine Weile nach links, hielt an und drehte sich nach rechts und wieder nach links, und in diesem Rhythmus unablässig hin und her. Innen war etwas, was wie nasse Tücher aussah. Was sie am meisten fesselte, war jedoch ein winziges rotes Lämpchen. Es war oben an dem weißen Schrank angebracht und leuchtete wie ein dickes rotes Glühwürmchen. Luzi gefiel dieses rote Lämpchen ausnehmend gut. Sie versuchte es von dem Schrank zu lösen, aber es war festgemacht. Eine Zeitlang bestaunte Luzi das Lämpchen, dann setzte sie ihre Erkundung fort.

In einem weiteren Raum, der ans Wohnzimmer der Frau grenzte und mit diesem durch einen offenen Türbogen verbunden war, blieb sie verdutzt stehen. Von der Zimmerdecke herab hing ein birnenförmiger Käfig, in dem zwei lebendige Vögel eingesperrt waren! Eines der Tiere war hellblau mit gelben Federn an Schwanz und Bäuchlein, das andere hatte gelbes Gefieder, einen blauen Schwanz und einen zartgrünen Kopf. Die Vögel sprangen munter auf Hölzern im Innern des Käfigs hin und her, auf und ab.

»Wie kommt ihr denn hier rein?« fragte Luzi die Vögel. »Weshalb hat man euch eingesperrt?«

Sie öffnete das winzige Gittertürchen am Käfig, und die beiden Tiere hüpften nacheinander auf die Schwelle und flatterten ins Zimmer. Sie schwirrten unruhige Kreise um einen sechsarmigen, goldfarbenen Lüster und landeten nebeneinander auf der Oberkante eines massigen Bücherschranks.

»Wartet noch'n Moment«, sagte Luzi, »dann seid ihr ganz frei.« Sie trat an das große Fenster des Wohnzimmers und suchte dort nach silbernen Griffen, fand durch Zufall den Hebel, der die Terrassentür anhob, die Glastür schwenkte sanft nach innen und öffnete sich so.

Zuerst beguckten sich die kleinen Vögel den Weg in die Freiheit. Sie zwitscherten mit hellen Stimmchen, ihre winzigen Köpfe ruckten, dann schwirrte der erste durch den Türbogen ins Wohnzimmer, drehte Kreise um die hölzerne Lampe und flatterte ins Freie. Der zweite Vogel folgte hinterher.

»Hat prima geklappt«, sagte Luzi zufrieden.

Doch so wohlgemut das Mädchen war, so entsetzt war die junge blonde Frau, als sie nach ihrer Rückkehr vor dem leeren Vogelkäfig stand. Ihr mütterliches Gesicht war schmerzlich verzogen, der Blick ihrer blauen Augen richtete sich vorwurfsvoll auf Luzi. »Die armen Wellensittiche«, seufzte sie. »Luzi, wie konntest du sie nur freilassen!«

»Worüber machen Sie sich denn jetzt schon wieder Sorgen?« fragte Luzi. »Sie werden ja vor lauter Kummer noch krank. Wenn Sie wollen, hole ich Ihnen die Vögel wieder zurück, wenn ich auch nicht verstehe, weshalb Sie sie überhaupt eingesperrt haben.«

»Weil Sittiche wie diese in Freiheit nicht lebensfähig sind. Weil sie dort draußen, in der Kälte und ohne die richtige Nahrung, nicht leben können. Und wie willst du sie je wiederholen?«

»Ich pfeife sie zurück.« Luzis Augen suchten den Wolkenhimmel über dem Garten und das herbstlich-welke Laub der Büsche und Bäume entlang der Hecke ab. »Hier bei euch scheint alles eingesperrt zu sein«, sagte sie vorwurfsvoll. »An jeder Tür ein Schloß, und an manchen sogar zwei. Die ganze Stadt besteht wohl nur aus kleinen Käfigen. Jede Stube und jedes Haus und jeder Garten scheint ein solcher Käfig zu sein.«

Sie trat über die elfenbeinfarbenen quadratischen Kunststeinplatten der Terrasse, stieg über die niedrige, geziegelte Brüstung auf den Rasen und ging quer darüber hinweg, auf der Suche nach den entflogenen Sittichen. Es schien ihr nicht leichtzufallen, etwas zurückzuholen, was sie soeben in die Freiheit entlassen hatte. Die Frau spürte den Zwiespalt in der Seele des Mädchens. Sie hatte Luzi nicht aus der Schlucht hierhergeholt, um sie in Gewissenskonflikte zu stürzen. Während ihr dieser Gedanke Sorge bereitete, machte sie eine verblüffende Beobachtung. Unbeholfen und langsam lief hinter Luzi eine Schildkröte her. Wenn das Mädchen bei ihrer Suche nach den bunten Vögeln die Richtung änderte, hielt die Schildkröte an, wechselte mühsam den Kurs und tappte erneut hinter ihr her. Es war seltsam und rätselhaft, wie das unbeholfene Tier beharrlich dem Mädchen zu folgen versuchte. Aus irgendeinem Grunde mußte sich die Schildkröte von Luzi angezogen fühlen. Nach wenigen Minuten hatten die raubvogelscharfen Augen des Mädchens die entflogenen Wellensittiche entdeckt. Es leckte seinen Zeigefinger an, streckte ihn in die Höhe und murmelte: »Gelber Vogel, blauer Vogel, sagt der Freiheit lebewohl! Kommt herbei, ihr seid nicht mehr frei!«

Dann pfiff sie trillernd und verrenkte die Finger zu merkwürdigen Zeichen, und gleich darauf flatterte der erste der Vögel in unsicherem Flug über die Wiese und ihr auf die Schulter, wo er sich in den Maschen des braunen Rollkragen Pullovers festkrallte. Der gelbe Vogel blieb noch eine Weile im Herbstlaub eines Fliederbuschs, flog schließlich hinunter ins Gras und hüpfte auf Luzi zu.

»Es ist wirklich ein Wunder«, flüsterte Veronika Ziegler.

Am Abend dieses Herbsttages saßen Luzi und Veronika im behaglich warmen Wohnzimmer, das voller alter Möbel stand, alles Erbstücke, von denen sich die Frau, wie sie erklärte, nicht trennen wollte. Nebenan zwitscherten vergnügt die beiden Wellensittiche. Die lindgrünen, mit gelben und roten Blumen gemusterten Vorhänge verwehrten einen Blick nach draußen, wo sich dichter Nebel gebildet hatte. Mit langen orangefarbenen Kunststoffnadeln strickte Veronika an einem Pullover für Luzi. Ihr Haar war mit einem altmodischen Bernsteinkamm im Nacken hochgesteckt. Sie trug einen moosgrünen Pullover mit kurzen Ärmeln und einem großen weißen V auf der Brust und dazu knallrote Cordjeans.

»Luzi«, begann sie das Gespräch, »kannst du dich überhaupt noch an deine Mutter erinnern?«

»Ziemlich gut«, antwortete das Mädchen.

»Ich meine, kannst du dich noch erinnern, wie sie aussah?«

»O ja. An ihr Gesicht. Es ist wie das einer Prinzessin.«

»Und siehst du sie wirklich bei Vollmond im Wald?«

»Natürlich.«

»Hat deine Mutter früher ebenfalls in der Schlucht gelebt?«

»Ich weiß nicht. Ich glaube.«

»Du weißt also nicht, ob sie dort gestorben ist?«

»Nein«, Luzi schüttelte den Kopf, so daß ihr Haar über ihr Gesicht fiel. Sie hatte an diesem Thema kein Interesse, obwohl für Veronika etwas Erregendes darin lag, einem Rätsel auf die Spur zu kommen. Luzis Finger blätterten in einer Illustrierten, sie besah farbige Bilder der ägyptischen Sphinx, der Pyramiden und anderer Bauwerke.

»Und weißt du auch nicht, wo ihr Grab liegt?« erkundigte sich Veronika.

»Nein. Vielleicht weit oben, auf einem der Berge. Vielleicht tief unten zwischen dem Gold und den Edelsteinen, wenn sie überhaupt in der Nähe begraben ist.«

»Welches Gold und welche Edelsteine?«

»Die unter der Schlucht liegen. Tief im Boden ist alles Gold und Edelsteine.«.

»Wer hat dir das erzählt?«

»Mein Vater. Er sagt, wenn ich heirate, soll ich was davon hochholen, weil man Geld braucht, wenn man heiratet. Aber vorher, sagt er, brauche ich es nicht, und ich glaube, er hat recht damit.«

Die Frau schwieg. Nur ihr Blick lag versonnen auf dem Mädchen, das weiter in dem farbigen Magazin blätterte.

Später brühte Veronika in der Küche Hagebuttentee auf und servierte ihn in Gläsern, die in Bastgestellen steckten, und stellte einen Emailleteller mit Lebkuchengebäck auf den Tisch, das Luzi sehr gut schmeckte.

»Glaubst du eigentlich alles, was dein Vater dir erzählt?« fragte die Frau.

Angestrengt forschte Luzi in ihrem Innern nach der Antwort.

Ihre Stirn furchte sich, steile Falten entstanden über der Nase. »Nicht alles«, sagte sie.

»Du nimmst also nicht alles ernst?«

»Manches nicht, wie das mit den Münzen, die nach drei Jahren zu Staub zerfallen sollen und es doch nicht tun.«

»Und was er dir von seinen Reisen erzählt? Beispielsweise von Dschingis Khan?«

»Das stimmt auf jeden Fall. Sonst könnte er diese Erlebnisse nicht so genau schildern. Er kann jede Frage genau beantworten. Was für Kleider Schingiskan anhatte, oder was er geredet hat.« Luzi beugte sich tief über ein Foto des weltberühmten Tadsch Mahal in Indien, um es sorgsam zu studieren. Ihre linke Hand griff nach einem Lebkuchenstern und schob ihn in den Mund. Während sie das farbige Bild musterte, sagte sie kauend: »Ich möchte doch lieber meine alte Hose wieder anziehen. Sie läßt sich mit dem Strick besser binden.«

»Den Strick habe ich bereits weggeworfen«, erwiderte die Frau. Luzi hob überrascht den Kopf. Nach einer Weile sagte sie tonlos: »Aber es war doch mein Strick.«

»Luzi, es war ein alter, zerschlissener, völlig wertloser Hanfstrick.«

»Aber mein Eigentum«, beharrte das Mädchen ernst. »Sie können mir nicht einfach mein Eigentum wegnehmen.«

Veronika hielt im Stricken inne. Sie wußte nicht, was sie erwidern sollte. Schließlich gestand sie ein: »Es tut mir leid, ich hätte wissen müssen, daß so belanglose Gegenstände doch lieb und teuer sein können.«

»Dann geben Sie mir eben einen anderen Strick«, lenkte Luzi großzügig ein, und damit war dieses Problem beendet. Etwas später fragte sie: »Und Sie sind nicht verheiratet?«

»Nein.« Milde lächelnd schüttelte die Frau den Kopf. Maschen rutschten ihr von der Nadel, sie mußte sie suchen und wieder aufnehmen.

»Haben Sie kein Geld zum Heiraten gehabt?« fragte Luzi.

»Zum Heiraten braucht man gar kein Geld. Ich habe nur eben nicht den richtigen Mann gefunden.«

»Gibt's denn richtige und weniger richtige?«

»Sicher. Nicht jeder gefällt dir, und nicht jeder paßt zu dir.«

»Aber es rennen so viele rum«, sagte Luzi nachdenklich. Sie betrachtete den rosafarbenen und weißen Zuckerstreuselguß auf einem Lebkuchenherz und steckte das Ganze in den Mund. »Und gesehen haben Sie den richtigen Mann schon?« fragte sie weiter.

Veronika schmunzelte. »Vom Sehen alleine weiß man nicht, ob es der richtige ist.«

»Wenn man es aber glaubt, geht man dann hin und fragt ihn, ob er einen heiraten will?«

Jetzt lachte die Frau herzhaft. Ihr Strickzeug sank auf die Knie, amüsiert blickte sie das Mädchen auf dem Sofa an. »Das wäre natürlich allzu leicht«, antwortete sie. »Vielleicht wird es in hundert Jahren so sein. Nein, man kann nicht zu einem wildfremden Menschen hingehen und ihn auf diese Weise ansprechen.«

»Weshalb nicht?«

»Weil man sich erst ein bißchen kennen muß, bis man weiß, ob man den anderen heiraten will.«

»Das ist richtig«, stimmte Luzi zu, »daran habe ich nicht gedacht.«

Ich heiße Luzi Einsamkeit

Das Mädchen aus der Schlucht wohnte seit einer Woche bei Veronika Ziegler in dem niedrigen Holzhaus im Münchner Norden, als eines Vormittags die Hausklingel schrillte. Vom Treppenabsatz aus beobachtete Luzi, wie die blonde Frau die mit einem schmiedeeisernen Gitter versehene Glastür öffnete. Draußen stand ein großer, sommersprossiger Polizist in dunkelblauer Uniform, der zur Begrüßung die Hand an den Mützenschirm legte.

»Wohnt bei Ihnen so ein kleines Mädchen?« erkundigte er sich. Er streckte die flache Hand in Nabelhöhe aus, um anzudeuten, wie groß das Mädchen war, das er meinte.

»Wieso?« fragte die Frau dagegen.

»Na, wir erhalten Anfragen aus der Nachbarschaft: jede Nacht sei der Teufel los mit einem Haufen Tiere, die sich wie verhext aufführen. Und sie hätten ein Mädchen gesehen, das der Anführer dieser Tiere zu sein scheint. Sie hätten das Mädchen fast in jeder Nacht bei Ihnen auf dem Ziegeldach gesehen. Es sitzt auf dem Schornstein, klettert wie ein Affe durch Bäume und so weiter.«

»Bei mir wohnt kein solches Mädchen«, sagte Veronika.

»Und das dort oben kann's nicht zufällig sein?« Der Beamte deutete über Veronikas Schulter hinweg zum Treppenabsatz hinauf.

»Oh«, sagte die Frau überrascht, »das – das ist eine Nichte von mir. Sie verbringt die Schulferien bei mir.«

»Ich dachte, die Schulferien wären schon vorbei?«

»Nicht da, wo sie herkommt.«

»Nun ja, es ist ja auch kein Verbrechen«, sagte der Sommersprossige gütig, »nur wär's besser, wenn sie die Tiere nicht so verrückt machte.« Er winkte Luzi zu sich in die enge Diele und betrachtete sie von oben bis unten und anschließend von unten bis oben. Luzi schien keinen sonderlich vertrauenerweckenden Eindruck auf ihn zu machen. Sie trug wieder ihre viel zu weiten Jeans, diesmal mit einem schwarzen Elektrokabel zugeschnürt. Ihre Füße steckten in drei Paar Socken, weil ihre Stiefel naß waren und zum Trocknen auf dem Zentralheizungskörper in der Küche standen und man noch immer keine passenden Schuhe für sie gefunden hatte.

»Wie heißt du denn?« fragte der Polizist freundlich.

»Luzi.«

»Ich heiße Weber. Und wie heißt du noch?«

»Luzi Einsamkeit«, sagte Veronika schnell.

»Ein hübscher Name.«

»Ja, ein sehr hübscher Name«, sagte die Frau. »Nett, daß Sie uns besucht haben.«

»Und wie alt bist du?«, fragte der Uniformierte das Mädchen.

Luzi zuckte die Schultern. »Weiß ich nicht.«

Der lange sommersprossige Polizist, der noch ziemlich jung war, lächelte nachsichtig und sagte zu der Frau: »Sie sind heutzutage alle gleich. Es ist der Protest in ihnen, der sie so antworten läßt. Also sehen Sie zu, daß sie nachts nicht ständig auf dem Dach sitzt. Ich will von einer Anzeige absehen, obwohl Sie Ihre Sorgfaltspflicht offensichtlich verletzt haben. Es geht nicht nur um nächtliche Ruhestörung, sondern auch darum, daß das Kind bei seinen

Kletterausflügen gefährdet ist. – Wo bist du denn zu Hause?« wandte er sich an Luzi.

»In meiner Schlucht«, antwortete das Mädchen.

»Und wo ist die Schlucht?«

»In den Bergen.«

»Und wie heißt die Gemeinde?«

»Die was?«

»Die Gemeinde, der Ort.«

»Es ist keine Meinde. Nur'ne Schlucht. Weiter nichts.«

»Sie wohnt etwas ländlich, im Allgäu, in den Bergen«, warf die Frau rasch ein. Ihr Herz pochte heftig, und sie fühlte die Hitze, die mit der Angst kam, Luzi könne sich verraten. Sie hatte nur den einen brennenden Wunsch, daß der Polizist kehrtmachen und wieder gehen möge. Der sommersprossige junge Mann setzte seine Dienstmütze auf sein dichtes Flachshaar und korrigierte ihren Sitz, indem er sie mit der Spitze seines Zeigefingers weiter aus der Stirn schob. Er stemmte die Hände in die Hüften und sagte:

»Also dann. Passen Sie mal ein bißchen auf. Es geht einfach nicht, daß so kleine Mädchen so 'nen Zirkus veranstalten.« Er verabschiedete sich, ging zur Tür, drehte sich aber noch einmal um. »Ihre Hecke haben Sie seit dem Frühling noch nicht ein einziges Mal geschnitten«, sagte er. »Sollte ich nicht...«

»Ist es denn verboten, sie nicht zu schneiden?« fragte die Frau.

»Das wissen Sie so gut wie ich, daß es nicht verboten ist. Doch als Ihr Vater noch lebte, hat er sie immer mit seiner alten rostigen Heckenschere gestutzt, und zwar ordentlicher, als sie hier in der Gegend mit den modernsten Motorscheren geschnitten werden. Es war die schönste Hecke weit und breit. Aber für eine Frau wie Sie ist es mühsam, eine so lange und hohe Hecke in Ordnung zu halten. Wenn Sie wollen, komme ich Freitag abend nach Dienstschluß vorbei und stutze sie Ihnen.«

»O nein«, wehrte Veronika ängstlich ab, »ich – ich mag diese wie mit dem Lineal gezogenen Hecken nicht. Mir sind sie wild lieber. Sie sollen frei und wild wuchern, wie es ihnen beliebt.«

»Früher, als Sie das Uhrengeschäft noch nicht hatten, waren Sie immer stolz darauf, wie exakt Ihr Vater die Kanten und Flächen bearbeitet hat. Wenn ich damals auf Streifengängen vorbeikam, konnten Sie mit ihren einsachtundsechzig noch über die Hecke sehen, und Sie haben mir ein halbes Dutzend Mal gesagt, es gäbe für Sie nichts Schöneres als solch sauber gestutzte Hecken.«

»Na schön«, sagte die Frau und nahm den Türknopf in die Hand, »vielleicht habe ich meine Meinung geändert.«

Als der sommersprossige Polizist gegangen war, schloß Veronika Ziegler mit einem Seufzer die Tür und blieb, die Hand noch am Griff, eine Weile mit gesenktem Kopf stehen. Sie atmete mehrere Male tief aus und ein.

»Der Mann mag Sie gern, nicht wahr?« fragte Luzi.

Veronika drehte sich langsam zu ihr um. »Was sagst du da, wie kommst du denn darauf?«

»Ich sehe es daran, wie er Sie angesehen hat. Mein Vater sieht mich oft ebenso an, und ich weiß, daß er mich sehr lieb hat.«

»Vielleicht mag er mich, Luzi, aber...«

»Er mag Sie nicht nur, er ist richtig verliebt in Sie. Warum lassen Sie nicht die Hecken von ihm schneiden?«

»Weil ich einfach nicht will.«

»Er möchte Ihnen aber eine Freude damit machen. Und dann wäre es auch für ihn selbst eine Freude.«

»Nun, vielleicht, Luzi.« Sie prüfte den Sitz einer Haarspange an ihrer Schläfe.

»Dieser Mann würde Sie wohl heiraten, wie?«

»Stell bitte nicht solche Fragen. Das weiß ich nicht. Ich habe ihn nicht gefragt.«

»Dann fragen Sie ihn doch mal, wenn er wiederkommt.«

»Luzi, bist du verrückt?«

»Sie würden ihn doch gerne heiraten. Ich sehe es Ihnen an, daß Sie ihn heiraten würden, wenn er es ebenfalls möchte.«

»Luzi, ich verbiete dir jetzt ...«

»Wenn er das nächste Mal kommt, werde ich ihn fragen, ob er Sie heiraten will. Dann wird er ja oder nein sagen. Und dann wissen Sie's ganz genau.«

Die Frau nahm Luzi an den Schultern, rüttelte sie und blickte ihr ernst in die Augen. »Hör mal«, sagte sie, »es darf nicht sein, daß dieser Polizist wiederkommt, solange du bei mir bist.«

»Warum nicht?«

»Weil es nicht erlaubt ist, jemanden längere Zeit bei sich wohnen zu haben, ohne ihn anzumelden. Und noch weniger ist es erlaubt, ein schulpflichtiges Kind nicht zur Schule zu schicken. Deshalb darf dieser Mann dich nie wiedersehen.«

In den folgenden Tagen lernte Luzi viele neue Dinge kennen, darunter auch das Farbfernsehgerät. Dieser Kasten, den Veronika lange vor ihr geheimgehalten hatte, um sie nicht damit zu erschrecken, wurde von Luzi mächtig bewundert. Selbst wenn er nicht eingeschaltet war, ging sie manchmal hin und rieb über die polierten Nußbaumflächen, oder sie strich mit den Fingern über die Mattscheibe und horchte am Gehäuse.

Der Fernsehkasten beschäftigte sie viele Tage und Nächte lang. Sie wußte nicht, was sich in seinem Inneren befand, doch in ihrer Vorstellung waren es unzählige farbige Bilder, die in vielen Nischen und Winkeln gespeichert waren, die groß werden und auf die Mattscheibe springen konnten.

Daß die Frau ihr weiszumachen versuchte, die bunten Bilder kämen durch ein dünnes weißes Kabel aus der Wand, ein Kabel, das etwa die Bestandteile ihres Hosengürtels hatte, trübte Luzis Vertrauen in Veronika. Davon abgesehen, daß sie die Vögel eingesperrt hatte, hatte sie die Frau bisher stets für redlich und aufrichtig gehalten. Daß sie nun solchen Unsinn redete, konnte Luzi nicht verstehen. Ihr sehnlichster Wunsch jedoch wurde es, einmal ins Innere des Fernsehers blicken zu dürfen und eine Handvoll der bunten Bildchen herauszunehmen. Das Gerät war aber verschlossen, und man bekam es mit den Fingernägeln nicht auf. Es hatte keine Tür, die man mit dem Griff öffnen oder schließen konnte.

Luzi hatte inzwischen nicht nur den Weg vom Mansardenfenster über den Nußbaum zur Erde, sondern noch drei weitere Abstiegsmöglichkeiten gefunden. Quer übers Dach und an Dachrinnen abwärts, über den dünnen Lattenrost des Efeus und wilden Weins, oder über Simse, Mauervorsprünge und Balkon nach unten. Die Schildkröte schlief stets unmittelbar unter ihrem Fenster. Je kälter die Herbstnächte wurden, desto eifriger bemühte sich das

Tier, sich an der Hauswand ins Erdreich einzugraben. Es bereitete sich auf den Winterschlaf vor, wollte dabei aber augenscheinlich auf die Nähe zu dem Mädchen aus der Schlucht nicht verzichten. Zusammen mit Hunden, Katzen und anderen Tieren machte Luzi in diesen Nächten weite Ausflüge. Sie kannte sämtliche Durchschlüpfe in andere Gärten und von dort aus in wieder benachbarte Gärten, und die nächtlichen Forschungsreisen führten sie und die Tiere, die sie begleiteten, in entlegene Wohngebiete.

Zwei kleine Wunder vollbrachte Luzi in diesen Tagen. Sie lehrte die beiden Wellensittiche, wie sie, wenn sie freigelassen wurden, von allein ins Haus und in den Käfig zurückfanden. Täglich ließ sie die kleinen Vögel losflattern. Auf Luzis Pfiff kehrten sie stets gehorsam zurück. Ihre Flugkraft wuchs dabei beträchtlich, so daß sie größere Höhe erreichten. Und bald war es auch nicht mehr nötig, daß Luzi pfiff und ihnen mit den Fingern den Weg ins Haus zeigte. Sie fanden von selbst heim.

Einmal vergaßen Luzi und Veronika, ihnen die Terrassentür einen Spalt offenzuhalten. An diesem Abend flogen die Wellensittiche vor Luzis Fenster und pickten mit ihren harten, winzigen, gebogenen Schnäbeln an die Scheibe, und Luzi ließ sie ins warme Haus. Auf welche Weise die kleinen Tiere herausgefunden hatten, wo Luzis Zimmer lag, blieb ein Rätsel. Ein weiteres Wunder war, daß die Rosen in Veronikas Garten und in den daran angrenzenden Gärten noch einmal zu blühen begannen. Wie im Sommer bildeten sich Blüten, saftig und frisch, die sich öffneten, nicht nur Knospen mit welken Rändern, wie sie Rosen im Spätherbst sonst treiben.

Eines Tages kam der Polizist Weber wieder. Er nahm

seine Dienstmütze ab und trug sie mit beiden Händen wie etwas Kostbares ins Wohnzimmer. Er setzte sich vorn auf den Rand eines der gelben Chintzsessel und drehte die Mütze auf seinem Schoß. »Sie ist also wohl doch nicht Ihre Nichte«, begann er.

Die blonde Frau nahm ihm gegenüber auf dem alten brokatbezogenen Biedermeiersofa ihrer Großmutter Platz, auf dem sonst Luzi immer saß. Sie machte einen gefaßten Eindruck, in tapferer Erwartung der schlimmsten Vorwürfe.

77

»Und deshalb wollten Sie auch nicht, daß ich die Hecke schneide«, fuhr Weber fort. »Aber wo zum Teufel haben Sie sie nur her?«

»Ich habe sie gefunden.«

»Erzählen Sie mir nicht so was.«

»Ich bin durch die Berge gestreift und habe sie in einer abgelegenen Schlucht entdeckt. Ihren Aussagen nach hat sie schon immer dort gewohnt, ohne daß man in den umliegenden Ortschaften von ihrer Existenz wußte.«

»Ich hoffe nur, Sie haben sie nicht entführt«, seufzte der sommersprossige Mann und schüttelte den Kopf, als hätte er ein ungeheuer schweres Rätsel zu lösen. Unablässig drehten seine Hände an der blauen Dienstmütze auf seinem Schoß. »Ich werde den Gedanken einfach nicht los, daß Sie sie entführt haben könnten, weil Sie sich womöglich schon lange ein Kind wünschen. Aber dann wäre das Mädchen wohl nicht so friedlich. Außerdem würde ich es einer Frau wie Ihnen nicht zutrauen, daß sie etwas Unrechtes tut.«

»Daß ich sie mitgenommen habe, war vielleicht unrecht«, sagte die Frau leise. »Aber sie hat keine Mutter mehr, nur ihren Vater, und der läuft in der Welt umher und läßt das Kind allein in einer wüsten Schlucht hausen. Wie ein Tier, es ist schrecklich, sage ich Ihnen. Übrigens, ich hätte Mühe, diese Schlucht wiederzufinden. Sie liegt irgendwo an der österreichisch-deutschen Grenze, ich weiß noch nicht mal, in welchem dieser beiden Länder.«

»Das ist fatal, das kompliziert die Sache«, sagte Weber. »Erlauben Sie, daß ich mir ein Zigarillo anzünde?«

»Bitte.« Die Frau stand auf, schob an einem Glasschrank die Scheibe zurück und brachte einen kleinen ziselierten Silberteller als Aschenbecher. Der sommersprossige Beamte knöpfte die Brusttasche seiner Uniform auf und nahm ein in Zellophan gewickeltes Zigarillo heraus. Er entschälte es mit Hilfe der Zähne, knüllte das Zellophan zusammen und legte es auf den Silberteller. Aus einem riesigen Stahlfeuerzeug schoß eine Stichflamme an die Spitze des Zigarillos und entzündete sie. Blauer, süßlich duftender Rauch breitete sich aus.

»Ich möchte nichts vertuschen«, sagte Veronika ehrlich. »Ich möchte für alles, was ich getan habe, einstehen. Und wenn ich deshalb angezeigt werden muß.«

Der junge Polizist sah sie aus blaßblauen Augen an. Es war ein rätselvoller Blick, in dem Zuneigung, Enttäuschung und Trauer schimmerten. »Ich hatte gehofft, ich könnte Ihnen zuliebe die Angelegenheit vergessen, aber man kann leider nichts vergessen, was man gesehen hat und was haften geblieben ist. Ich freue mich für Sie und für mich, daß Sie den geraden Weg gehen wollen. Dann muß ich das Mädchen jetzt mitnehmen. Aber Sie können sicher sein, daß es gut behandelt wird.«

»Daran zweifle ich nicht«, sagte die Frau leise.

Sie hatte Luzi aus ihrem Zimmer heruntergeholt und nahm sie jetzt an den Händen. Sie setzte sich aufs Sofa und zog Luzi zu sich heran. »Es ist etwas Unerwartetes eingetreten«, sagte sie ernst. »Dieser Mann wird dich jetzt mitnehmen.«

»Aha«, sagte Luzi. »Und warum weinen Sie schon wieder?«

»Ach, Kind!« Die Frau wandte sich ab und suchte in ihrem Rockbund nach einem Taschentuch, fand aber keins. Weber nahm aus der Brusttasche, aus der er auch das Zigarillo geholt hatte, ein halbvolles Päckchen mit gelben Papiertaschentüchern und reichte es der blonden Frau. Sie nahm ein Taschentuch heraus, entfaltete es und trocknete ihre Tränen. »Meinen Sie, ich kriege sie je wieder?« fragte sie.

»Nichts ist unmöglich«, antwortete der junge Beamte.

Luzi wird verhört

Die Revierwache war im Erdgeschoß eines alten, mausgrauen Mietshauses untergebracht. Hinter einem langgezogenen Schalter aus Sperrholz, der den Raum in zwei Hälften teilte, standen vier Eichenholzschreibtische, die mit Akten, Papieren, Telefonen, Büchern und Büroutensilien beladen waren. Zwei offenstehende Türen führten in Räume, in denen weitere, mit ähnlichen Gegenständen beladene Schreibtische zu sehen waren. Gut und gern zwanzig Uniformierte hielten sich hier auf. Weil nicht genügend Stühle vorhanden waren, saßen zwei mit baumelnden Beinen auf Fensterbrettern und zwei weitere auf Ecken von Schreibtischen. Die verstaubten Wände, die längst einen neuen Anstrich nötig hatten, waren bis oben zu den Stuckleisten mit Steckbriefen, Landkarten und Stadtplänen bedeckt.

»Wen bringst du denn da?« fragte ein älterer, hagerer Polizist und schob mit Daumen und Zeigefinger seine Nikkelbrille fester an die Augen. »Ausgerissen?«

»Aus der wird man nicht klug«, antwortete Weber. »Hat keinen Ausweis und scheint's nicht mal'nen richtigen Namen.«

»Solche gibt's mehr«, sagte der Hagere mit der Brille. »Was hat sie ausgefressen?«

»Nichts. Es ist die von Veronika Zieglers Hausdach.«

»Ah, die Kleine mit den Tieren. Soso.« Der ältere Polizist krümmte seinen Knochenfinger und winkte Luzi näher zu sich heran. Er räumte seinen eigenen Stuhl, drückte das Mädchen darauf nieder und setzte sich selbst auf die Kante des Fernschreibers. Er beugte sich vor, schob die Nikkelbrille wieder dicht an die Augen und musterte Luzi. Schließlich fragte er: »Wie lautet deine Adresse?«

»Meine was?«

»Deine Adresse, deine Anschrift.«

»Wo ich herkomme?«

»Ja.«

»Aus den Wäldern.«

»Aus den was?«

»Aus den Wäldern!«

»Ist das die ganze Anschrift?«

»Ja.«

»Und wie heißt du?«

»Luzi.«

»Wie noch?«

»Sonst überhaupt nicht. Das heißt, bis jetzt noch nicht.«

»Sehr gut. Wenn ich also einen Brief schreibe, mit der Adresse: Luzi, und darunter: In den Wäldern, wird zwei Tage später der Briefträger zu dir kommen und ihn dir geben, ja?«

»Weiß nicht«, antwortete Luzi ungerührt, »habe noch nie in meinem Leben einen Brief bekommen.«

Die Polizisten rundherum, die ihr Interesse auf das kleine Verhör richteten, lachten. Einer von ihnen rief herüber: »Nicht jeder, den wir einfangen, kann so'ne prima Adresse angeben«, und darauf lachten sie alle wieder. Luzi wußte nicht, aus welchem Grunde sie alle lachten, aber sie hatte einen sehr angenehmen Eindruck von dieser Revierwache. Bis auf den älteren Polizisten schienen diese Männer alle sehr fröhlich zu sein.

Der Ältere begann sein Verhör nun von einem anderen Ausgangspunkt.

»Du bist doch von zu Hause ausgerissen, nicht wahr?«

Luzi schüttelte den Kopf. »Ausgerissen, wieso? Einfach weggegangen.«

»Das ist dasselbe. Ob du weggegangen oder weggerannt oder auf allen vieren davongekrochen bist, das spielt keine Rolle.«

»Aha«, sagte Luzi verständnisvoll.

»Also wie heißt die Straße?«

»Da wo ich wohne gibt's keine.«

»Irgendwo in der Nähe wird es doch eine geben.«

»Gibt aber keine.«

Die anderen Polizisten lachten wieder. Das wenig ergiebige Verhör schien sie außerordentlich zu amüsieren. Der Polizist rieb seine knochige Nase, korrigierte den Sitz der Brille und fragte weiter: »Es gibt auch kein Dorf in der Nähe, stimmt's?«

»Ja.«

»Heißt das, es gibt eins, oder es gibt keins?«

»Es gibt keins«

»Du willst uns wohl für dumm verkaufen, was?«

Luzi erschrak. Es war das erste Mal in ihrem Leben, daß sie angeschnauzt wurde. Sie antwortete nicht.

»Also wie ist dein Nachname?«

»Ich habe keinen.«

»Du willst uns doch nicht weismachen, daß du keinen Nachnamen hast?«

»Vielleicht habe ich einen, aber ich kenne ihn nicht.«

Der Hagere richtete sich seufzend auf. Sein Blick, der durch die Brillengläser von einem Uniformierten zum anderen wanderte, traf nur auf schmunzelnde Gesichter. Er sah Luzi wieder an. »Wo arbeitet dein Vater?« erkundigte er sich.

»Er arbeitet nicht. Er ist fast immer auf Reisen.«

»Soso. Und deine Mutter?«

»Gibt es keine.«

»Ist sie denn gestorben?« Plötzlich drückte das Gesicht des hageren Polizisten Mitleid aus, auch von den Gesichtern der anderen war das Schmunzeln verflogen.

»Ich glaube«, antwortete Luzi, »gestorben oder sonstwie von uns geschieden. Aber sie kommt manchmal bei Vollmond und singt mir aus dem Wald was vor.« Ihre Stirn furchte sich, so daß sich feine verzweigte Fältchen bildeten. Sie sah zum Fenster hinaus auf die graugrüne, regenverwaschene Fassade des gegenüberliegenden Mietshauses und durch dieses Haus hindurch in ihre Vergangenheit, soweit sie sich in Bildern abzeichnete. Erst nach einer Weile bemerkte sie, daß der Polizist ihr schon mehrfach eine weitere Frage gestellt hatte.

»Hörst du nicht?«, fragte er.

»Was ist?«

»Du bist doch sicher aus einer Anstalt ausgerissen. Vielleicht aus einer Nervenklinik?«

»Ich weiß nicht, was Sie meinen.«

»Hast du in letzter Zeit viele weiße Betten und Gitter an den Fenstern gesehen?«

Luzi schüttelte verneinend den Kopf. Der hagere Beamte stand von der Platte des Fernschreibers auf, zuckte ratlos die Achseln und sagte zu den anderen:

»Wir kriegen nichts aus ihr raus. Nun, unsere Sorge soll's nicht sein. Wir sind ja keine Verhöranstalt für Jugendliche. Wir geben über Fernschreiber eine Meldung heraus, daß wir ein Mädchen aufgegriffen haben, das etwa zwölf Jahre alt ist und womöglich sein Gedächtnis verloren hat.« Zu Weber gewandt, fügte er hinzu: »Und Sie rufen in einem Heim an und bemühen sich, sie unterzukriegen. Sie haben sie schließlich hergebracht. Wir können die Verantwortung für das Kind jedenfalls nicht übernehmen. Womöglich wird sie uns noch krank. In einem Heim steht sie unter der Obhut erfahrener Frauen, die was von Mädchen verstehen.«

Der Sommersprossige nickte, schob einen seiner Kollegen von einem der Schreibtischstühle und setzte sich selber darauf. Er blätterte in einem dicken gelben Telefonbuch, bis er die Spalte mit den Kinderheimen gefunden hatte, und führte dann mehrere Gespräche.

Inzwischen ging der übliche Revierbetrieb weiter. Luzi hatte den Eindruck, daß sich immer dieselben Vorgänge wiederholten. Die Tür ging auf, und ein oder mehrere Beamte traten ein, gingen auf die Seite des Raumes, wo die Schreibtische standen, nahmen ihre Dienstmützen ab und hängten sie an Haken. Sie sprachen mit den anderen Polizisten, setzten sich, wo Plätze frei waren, führten Telefongespräche, und andere standen auf, nahmen ihre Mützen von den Haken und verließen die Wache. Ab und an kamen Leute herein, die irgendwelche Probleme hatten. Entweder hatte man ihnen etwas gestohlen oder versucht zu stehlen, oder man hatte sie überfallen, sie beleidigt, ihnen Drohbriefe ins Haus geschickt, oder sie hatten gegen irgend jemanden irgendeinen Verdacht. Kein einziger kam herein, der etwas Lustiges zu berichten gehabt hätte. Alle hatten sie Angst, waren bedrückt, verärgert, wütend, betrunken oder krank. Luzi fragte sich, weshalb all die Menschen hier in diesen Raum hereinkamen, um anderen ihre Probleme aufzuhalsen, wenn doch jedem von ihnen die freie Natur offenstand, in die sie nur hinauszugehen brauchten und wo ihnen die Sonne oder der Mond oder der Anblick einer Blume, des Himmels oder der Wind alle Sorgen und Beschwernisse von selbst abnehmen würde.

Nach einiger Zeit trat der Sommersprossige zu dem Polizisten mit der Nickelbrille, an dessen Schreibtisch Luzi nahe am Einschlafen war, und meldete:

»Sie können sie nirgends gebrauchen, weil sie alles voll haben. Alle sagen, es hätte nie so viele ausgerissene Kinder gegeben wie in diesen Wochen.«

»Irgendwo werden Sie doch einen Platz gefunden haben?«

»Leider nicht. Es scheint so zu sein, daß viele Kinder aus Kinderheimen entlaufen und dann von anderen Kinderheimen aufgenommen werden und daß auf diese Weise stets sämtliche Betten belegt sind, zumal man die Betten für die Entlaufenen immer noch eine Weile zur Verfügung halten muß.«

»Lustige Welt«, sagte der Hagere, »früher war's anders.«

Weber schälte ein Zigarillo aus seiner Klarsichtfolie und wandte sich Luzi zu: »Sie wollen dich nirgends. Hast du gehört?«

»Macht doch nichts«, entgegnete sie, »dann gehe ich eben wieder.«

»He, so einfach geht's nicht!« rief der hagere Uniformierte. »Bei uns muß alles seine Ordnung haben. Unser Job ist es nämlich, daß wir alles in Ordnung bringen. Hast du die Leute gesehen, die den ganzen Nachmittag über hereingekommen sind? Sie schleppen allesamt Probleme mit sich herum, und wir nehmen sie ihnen ab und bringen die Welt auf diese Weise in Ordnung. Und mit dir machen wir's ebenso. Mit deinem Problem kommen wir ebenso zurecht.«

»Ich habe kein Problem.«

»Kein Problem? Du würdest es am knurrenden Magen und an der Kälte und an der Müdigkeit schon spüren, wenn wir dich jetzt so einfach gehen ließen. Draußen regnet es. Wo wolltest du denn hin? Du würdest erfrieren, verhungern, verdursten und an körperlicher Schwäche eingehen. Aber Probleme hast du selbstverständlich keine.«

»Ich würde nicht verhungern und nicht verdursten«, erwiderte Luzi, »höchstens ersticken an der miesen Luft, die ihr hier habt.«

»Werd nur nicht frech, Kleine«, warnte der Beamte. Er nahm seine Brille ab und putzte Gestänge und Gläser mit einem blau-weiß karierten Taschentuch. »Nun, eigentlich hat sie recht«, schwächte er ab. »Ich war gestern drei Stunden lang auf Streife, das hat mir mal wieder gereicht. In diesem Punkt hast du völlig recht, Mädchen. Die Luft ist tatsächlich so miserabel, daß man dran ersticken könnte. Aber wir können uns die Luft, die wir atmen, nicht aussuchen. Ich würde auch verdammt lieber den Autoverkehr auf der Zugspitze regeln, aber dort gibt's nun mal keinen. Unser Fluch ist es, daß man uns Polizisten stets dorthin schickt, wo am meisten Menschen sind. Kaum drängeln sich irgendwo mehr als zwanzig, schickt man schon einen von uns hin. Keiner kommt auf die Idee und sagt an einem schönen, sonnigen Herbsttag: Geh mal raus zum See und paß auf, daß niemand hineinfällt und ertrinkt. Na schön,

das sind unsere Probleme. Also, was tun wir jetzt mit dir?«
Luzi hob die Schultern.

»Erst kaufen wir ihr mal'ne ordentliche Hose«, schlug ein jüngerer Ordnungshüter mit schütterem Blondhaar vor, »wir sammeln unter uns, und einer geht los und besorgt sie.«

»Ich will keine andere Hose!« protestierte Luzi.

»Findest du deine etwa schön?« fragte der Hagere.

»Sie braucht nicht schön zu sein, sie gefällt mir.«

»Ich weiß, wie wir's machen«, sagte der Hagere. »Ich werde sie mit nach Hause nehmen. Wir haben ein Gästezimmer, in dem kann sie mal'ne Nacht schlafen, und morgen sehen wir weiter.«

»Sie werden sie doch nicht in Ihr finsteres Haus mitnehmen«, erwiderte Weber, »wo Sie weder Kinder noch Enkelkinder haben! Das Haus muß ihr ja vorkommen wie ein Spukschloß, wo nur der Fernseher ein bißchen Leben ausstrahlt.«

Alle anderen Beamten lachten. Luzi sagte: »Ich würde gerne mal in einem Spukschloß übernachten. Mein Vater hat mir oft von Spukhäusern erzählt. Sie sind so schön gruselig.«

»Am besten kommst du zu mir und meiner Frau«, schlug der Beamte mit dem schütteren blonden Haar vor. »Wir haben drei Kinder. Sie sind im Alter alle so um dich herum. Du kannst mit der elektrischen Eisenbahn spielen. Brauchst nur auf den Knopf zu drücken, und sie fährt.« Er wurde immer eifriger. »Wir haben ein ganzes Zimmer voll Spielsachen. Meine Kinder kriegen immerzu Spielsachen: von meiner Frau, vom Osterhasen, vom Nikolaus, vom Christkind, von meinen Verwandten und auch von Bekannten. Gar nicht zu reden von Namenstagen und Geburtstagen, immer kriegen sie Spielzeug. Das Verrückte daran ist, daß meine Kinder mit jedem Spielzeug nur einmal, höchstens zweimal spielen.«

»So was gefällt mir nicht«, sagte Luzi, »Ihre Kinder tun mir leid.«

»Manchmal tu ich mir selber leid«, sagte der Beamte, der diese drei spielzeuggefräßigen Kinder hatte.

Der Ältere mit der Nickelbrille entschied jetzt: »Das beste wird sein, wir lassen die Kleine hier übernachten. Wir richten ihr in einem der Büros eine Schlafstelle ein. Da sind wir wenigstens sicher, daß ihr nichts geschieht. Zwar ist es gegen die Vorschrift, aber man kann schon mal eine Ausnahme machen.«

In dieser Nacht schlief Luzi sehr fest, weil alles in ihr sehr müde war. Sie merkte nichts davon, daß sich alle paar Minuten die Tür einen Spalt weit öffnete und ein Uniformierter zu ihr hereinspähte, um sich zu vergewissern, daß sie schlief, oder um zu sehen, ob sie womöglich wach war und etwas benötigte. Sämtliche Beamten dieses Reviers lieferten einen überzeugenden Beweis dafür, daß auch Männer überaus mütterlich sein können.

Schon auf dem Weg zu der Tür, hinter der Luzi schlief, bewegten sie sich auf Zehenspitzen, was völlig unnötig war. Und es war ebenso unnötig, daß andere zischten und flüsterten: »Nicht so laut! Mach doch keinen solchen Krach! Laß das Kind doch schlafen!« Andere wieder protestierten: »Du brauchst jetzt nicht reingucken, wo ich doch vor einer Minute erst nachgesehen habe.«

Der Angesprochene wehrte sich: »Weshalb dürft ihr immer nur reingucken, und ich nicht? Ihr wart alle schon ein oder sogar zweimal drin, und ich überhaupt noch nicht.

Ich habe dasselbe Recht wie ihr, sie mir anzusehen. Und ich mache mir ebensolche Sorgen wie ihr!«

So ging es die ganze Nacht hindurch. Das Interesse an anderen Ereignissen der Nacht, die den Einsatz von Polizisten erforderten, erlosch, weil ein kleines, elternloses Mädchen im Raum nebenan auf einer Matratze schlief.

Am Morgen wurde der Nachtdienst durch ausgeschlafene Polizisten ersetzt, die jetzt ihren Dienst antraten. Und wenn diesen Neuen gesagt wurde: »Pst, da drin schläft ein armes, halbverhungertes Mädchen ohne Eltern und ohne Zuhause«, dann übertrug sich auf sie in kürzester Zeit dieselbe Fürsorglichkeit, wie sie ihre Kollegen die Nacht über bewiesen hatten. Jeder wollte Luzi sehen, und vor der Tür drängten und schubsten sich die Uniformierten.

Kaum war Luzi aus dem Schlaf erwacht und rieb sich noch gähnend die Augen, als die Polizisten sich bereits gegenseitig aus dem Weg stießen, um ihr guten Morgen zu wünschen und sie zu fragen, was sie zum Frühstück haben wollte. Inzwischen hatte ein untersetzter Mann mit Hängebacken und Schweinsäuglein das Regiment über die Revierwache übernommen, er ließ es sich nicht nehmen, sämtliche Fragen an Luzi selbst zu stellen. Er lockerte seinen Schlips, knöpfte den Hemdkragen auf, setzte sich bequem im Stuhl zurecht und winkte mit seiner fleischigen Hand das Kind zu sich heran. Mit einem weißen Batisttuch fuhr er über seinen geröteten, schwieligen Nacken und über die Stirn. Er sah das Tuch an, stopfte es in seinen linken Jackenärmel und fragte: »Du heißt also Luzi, ja? Und wie noch?«

Mit diesem Satz begann dasselbe Verhör, das das Mädchen schon einmal über sich hatte ergehen lassen müssen. Natürlich endete es wieder äußerst unergiebig. Zu guter letzt fragte der Untersetzte: »Na gut, also was möchtest du zum Frühstück haben?«

Luzi überlegte kurz und sagte: »Einen Fisch.«

»Einen Fisch?«

»Bei mir in der Schlucht frühstücke ich oft einen Fisch. Aber wenn sie mir gerade leid tun und ich will keinen aus dem Bach herausholen, frühstücke ich Gemüse, Mohrrüben, Pilze oder Bucheckern.«

»Hm«, machte der Untersetzte. Er war in einen Konflikt geraten, denn immerhin war er der Vorgesetzte und durfte es nicht ohne weiteres dulden, geschweige denn anregen, daß aus der Revierwache eine Fischküche gemacht wurde. Man sah ihm an, daß er Luzi gerne den Frühstückswunsch mit dem Fisch erfüllt hätte. Zunächst aber herrschte er seine Untergebenen an: »Macht euch an die Arbeit und kümmert euch um die Besucher!«

Widerwillig löste sich die Gruppe der Umherstehenden auf.

»Und sie haben gestern schon versucht, dich in einem Heim unterzubringen?« erkundigte er sich.

Luzi nickte. »Aber die Kinder laufen aus den Heimen weg und werden von anderen Heimen aufgenommen. Immer rundherum, wie ein lustiger Reigen. Ich würde gern in so ein Heim kommen und ausreißen und in ein anderes kommen, wenigstens eine Zeitlang.«

»Wir werden dafür sorgen, daß du hier weg und in ein Heim kommst. Hier können wir alles andere besser brauchen als kleine Mädchen. Am liebsten wäre ich dich jetzt schon los. Und du hast keine Mutter?«

»Nein.«

»Und wohnst nur so in den Bergen?«

»Ja.«

»Wie ein wildes Tier?«

Luzi lachte hell auf. »Wie ein Tier! Ich lebe doch nicht wie ein Tier! Sie haben wohl noch nie ein Tier gesehen, ich meine, wie es lebt, wenn es nicht eingesperrt ist?«

»Armes Kind.« Der Mann sah gequält zum Fenster hinaus. Seine Hängebacken schienen noch schlaffer zu werden. Er dachte an andere Kinder, die friedlich in weißen Bettchen liegen, mit Plüschtieren auf der Zudecke und einer liebevollen Mutter, die sich über sie beugt. »Armes kleines Mädchen«, murmelte er gedankenverloren.

Eine kleine Heidin!

Drei Tage später trieb ein heftiger, böiger Wind den Regen gegen die Fensterscheiben. Eine katholische Schwester in schwarzer Tracht und weißer Haube betrat die Wache. Sie trug eine Brille mit stark gewölbten Gläsern. Sie mochte an die sechzig Jahre sein, hatte ein flächiges, bleiches Gesicht mit einem Doppelkinn und zeigte zur Begrüßung ein mildes Lächeln, während sie ganz leicht mit dem Kopf nickte.

Der hagere Polizist mit der Nickelbrille hatte an diesem Tag wieder Dienst. Er bot der Schwester seinen Stuhl an, setzte sich aber höflichkeitshalber nicht auf die Platte des Fernschreibers, sondern scheuchte mit einer Grimasse und einer versteckten Handbewegung einen seiner Untergebenen vom Stuhl und setzte sich ebenfalls.

»Wir haben das Kind sehr liebgewonnen, Schwester Margaretha«, begann er. »In den vier Tagen, die Luzi bei uns gewohnt hat, hat sie uns alle verzaubert. Es war, als hätten wir vier Tage lang Weihnachten gehabt. Können Sie das glauben?«

»Ihr Männer seid und bleibt sentimental«, tadelte Schwester Margaretha. »Ein paar Tränchen, und ihr gebt alles her, was ihr besitzt.«

»Wir haben kein einziges Tränchen von ihr gesehen«, wehrte sich der Hagere, »obwohl sie in einer Lage ist, daß man meinen möchte, sie müßte den ganzen Tag heulen. Nein, sie hat uns eine wunderbare Zeit geschenkt. Wir waren die ganzen vier Tage über glücklich und heiter gestimmt, und es hat keinerlei Reibereien gegeben. Es war wie ein Wunder.«

Milde lächelnd blickte Schwester Margaretha den Mann an, so als wüßte sie weit mehr über das Wundertätige in dieser Welt. Als dann ihr Blick abschweifte auf Dinge, die ihren Ordnungssinn störten, auf überquellende Aschenbecher, unaufgeräumte Schreibtische und verstaubte Schränke und Wandkarten, kam Verständnis und Verzeihen in ihr Lächeln. Ihr Gegenüber fuhr fort:

»Immerhin hat einer meiner Kollegen seine Scheidung zurückgezogen, das Glück ist in sein Heim zurückgekehrt. Ein weiterer wurde Vater. Ein anderer hat fünf Richtige im Lotto. Ich selbst bin heute morgen Opa geworden. Na, wenn das alles zusammen nicht ein Wunder ergibt. Und wir hatten nur einen einzigen Diebstahl, wo wir sonst Dutzende haben. Und der war sogar ein Versehen. Ein armer, alter Mann hat aus Versehen aus einem Kaufhaus einen warmen Pullover geklaut, und wir haben ihn laufenlassen.«

»Aus Versehen geklaut?«

»Na, unsere Luzi hat gesagt, es sei ein Versehen gewesen, und so haben wir ihn laufenlassen.«

»Nun, das hätten Sie vielleicht nicht tun dürfen. Alles wegen der Worte eines Kindes, aber das ist Ihre Sache. Bei uns wird das Mädchen jedenfalls nicht verzärtelt. Sie haben, scheint's, die reinste Puppenstube aus dem Polizeibüro gemacht. Neben den Steckbriefen hängen Märchenplakate, und zwischen Akten und Telefonen auf den Schreibtischen fahren Autos und Eisenbahnen. Aber auch das ist Ihre Sache. Wie gesagt, ich bin kein Polizist. Bei uns wird Luzi an die späteren Pflichten im Leben herangeführt werden.«

»Nun ja, dann alles Gute«, sagte der Beamte. Er blickte zu Luzi hinüber, die die ganze Zeit auf dem Fensterbrett gesessen und dem Gespräch gelauscht hatte. Der Augenblick des Abschieds war gekommen.

Als Luzi mit ihrer prallen Doppelplastiktüte draußen in den schwarzen Volkswagen der Schwester Margaretha einstieg, standen alle Polizisten am Fenster und sahen mit traurigen Augen zu. Der sommersprossige Weber winkte ihr noch einmal, aber Luzi sah diesen Abschiedsgruß nicht. Nachdem das Fahrzeug davongerollt war, lösten sich die Beamten allmählich aus ihrer Erstarrung und wandten sich schweren Herzens der Alltagsarbeit zu.

Das Kinderheim Sankt Pankraz war in einer großen, schloßähnlichen Villa mit zahllosen Erkern und Vorbauten untergebracht.

Die Villa war früher Besitz eines Adeligen gewesen, der irgendwann ausgezogen war, entweder weil er verarmt war und den Besitz verkaufen mußte, oder weil er einen solchen Wohlstand erreicht hatte, daß er nicht mehr in dem düsteren Gemäuer zu wohnen brauchte und sich etwas Gemütlicheres leisten konnte. Um das Heim herum standen auf fleckigem, ungesundem Rasen knorrige alte, kränkliche Ulmen, denen das Leben augenscheinlich keinen Spaß mehr bereitete. Sie schickten keine Abwehrkräfte mehr an die Hohlstellen des Stammes oder an die morschenden Äste. Kahl und freudlos erwarteten sie den Winter. Trotz der tristen Fassade gefiel Luzi das Haus gut. Vor allem gefiel ihr, daß alle Fenster verschieden aussahen. Keins war wie das andere. Eines war quadratisch, das nächste ein Bogenfenster, das nächste wieder ein gotisches Fenster mit spitzen Bögen und einer Glasmalerei-Rosette.

Luzi wurde in Zimmer 17 untergebracht, einem hohen Raum, in dem schon zwei andere Mädchen wohnten. An einer Wandseite standen grüngraue Spinde der ehemaligen deutschen Wehrmacht. Um die Decke lief eine reichgeschnörkelte Stuckleiste. Eins der Fenster war schmal und hoch, das andere breit und in vier Flügel aufgeteilt. Der Parkettfußboden war gepflegt. Es roch nach Bohnerwachs. In einer Ecke des Raumes hing ein Kruzifix aus schwarzem Holz mit einer Jesusfigur aus Gips, die aus mehreren Wunden rot blutete.

»Dies ist dein Bett«, sagte Schwester Margaretha und deutete auf das Bett, das unmittelbar unter dem schmalen Fenster stand. Sie lächelte gütig, nickte erst Luzi, dann den beiden anderen Mädchen zu und war eben im Begriff, das

Zimmer zu verlassen, als sie noch fragte: »Bist du denn überhaupt katholisch«

»Was?« fragte Luzi.

»Bist du katholisch oder evangelisch oder sonst etwas?«

Luzi antwortete nicht.

Im Hinausgehen murmelte die Schwester mitleidig: »Eine kleine Heidin. Mein Gott!«

»Haben sie dich auch in diese mittelalterliche Burg geschickt?« erkundigte sich ein großes blondes Mädchen überflüssigerweise. Das Mädchen hieß Greta. Am Tag der Scheidung waren seine Eltern in verschiedene Richtungen verschwunden, jeder in der Annahme, daß der andere sich um das Kind kümmern würde. Gretas Großmutter schickte das Mädchen mit einem Brief zur Polizei. In dem Schreiben stand, die Behörden sollten sich um sie kümmern, weil Gretas Eltern in ihrem Leben schon genügend Steuern bezahlt hätten.

»Ja«, antwortete Luzi, »es ist ein schönes Haus, ein richtiges Spukschloß.«

»Schön? Es ist eine uralte feuchte Burg, in der man Depressionen kriegen kann.«

»Was kann man kriegen?«

»Depressionen, du Dussel, das heulende Elend und so'n Zeug.«

»Ich weiß nicht, weshalb ich hier das heulende Elend kriegen sollte«, erwiderte Luzi. Sie setzte sich auf die Kante ihres Bettes und begann, ihre beiden Plastiktüten auszupacken. »Es ist jedenfalls ein echtes Spukschloß, eins von denen, die mir mein Vater oft geschildert hat. Kommt das Gespenst auch manchmal runter?«

»Was für ein Gespenst?« fragte Greta stirnrunzelnd.

»Das ganz oben unterm Dach, wo das runde kleine Fenster ist.«

»Hast du denn eins gesehen?«

»Wie ich ankam, hat's rausgeguckt.«

Greta hieb mit der Faust auf ein Tischchen, daß der Wekker und das Rahmenbild und der Kalender, die darauf standen, hochsprangen und zurückfielen. »Hab' ich mir's doch gedacht!« rief sie. »Ich wußte es, ich wußte es! Und sie wollten's nicht zugeben! Sie wollten's nicht zugeben!« Sie sprang auf und hüpfte aufgeregt im Zimmer herum, während das andere Mädchen und Luzi ihr mit großer Aufmerksamkeit zusahen. »Sie wollten's nicht zugeben!« rief Greta. »Weil sie nämlich sonst das Heim aufgeben und uns alle freilassen müssen! Weil es ein Gesetz gibt, das es verbietet, Kinder mit einem Gespenst unter einem Dach leben zu lassen!«

Das andere Mädchen, Nicola, war ein schwarzhaariges und dunkeläugiges Gastarbeiterkind. Sein Vater war vor Jahren verunglückt, und die Mutter hatte es zurückgelassen, weil sie bereits vierzehn Kinder zu ernähren hatte und überzeugt war, Nicola würde unter der Obhut der deutschen Fürsorge mit besseren Chancen heranwachsen. Ihre Augen, die so braun wie Schokolade waren, richteten sich auf Luzi. »Hast du Gefenst gesehen wirksam?« fragte sie

Luzi nickte.

»Wirklich Gefenst gesehen?«

»Sicher. Aber kannst du denn nicht richtig sprechen?«

»Sie ist aus der Türkei, da sprechen sie alle so«, erklärte Greta.

»Doch, ich hab's gesehen«, sagte Luzi. »Meine Augen haben mich noch nie betrogen. Ich sehe so weit, wie ein anderer mit 'nem Fernrohr nicht sieht. Wie kürzlich der

Astronaut auf dem Mond war, habe ich ihn zwischen den Felsen rumlaufen sehen.«

»Wenn das nicht toll ist!« rief Greta und knallte wieder die Faust aufs Tischchen.

»Ich kann auch Zahlen lesen«, sagte Luzi stolz. »Allerdings nur, solange sie einzeln stehen und nicht mehrere beisammen.«

»Also zum Beispiel fünfzehn oder hundertzwanzig oder tausenddreihundert nicht mehr?« fragte Greta.

»Dann kann ich sie nicht mehr lesen«, bestätigte Luzi. »Aber ich bin trotzdem gesund.«

»Das glaube ich«, sagte Greta. »Du bist richtig fortschrittlich, es gibt Sachen, die man eben aus Prinzip nicht tut. Gratuliere. Also, irgendwann schleichen wir nachts mal rauf und suchen nach dem Gespenst. Wenn wir Glück haben, läßt es sich sogar einfangen. Es gibt eine alte Grundregel: Was selten ist, bringt einen Haufen Geld.«

Greta setzte sich auf die Bettkante, stützte das Kinn auf beide Fäuste und beobachtete Luzi, die ihre wenigen Habseligkeiten auf ihrem Bett ausbreitete. »Kannst du auch nicht schreiben und lesen?« erkundigte sie sich.

»Nein«, antwortete Luzi.

»Kriegst wohl überall Prügel deswegen, was?«

»Prügel? Nein. Warum?«

»Wer nicht schreiben, lesen und rechnen kann, kriegt meistens Prügel«, sagte Greta. »Ich kann mir vorstellen, daß dein Leben bisher ein einziger Leidensweg gewesen ist. Aber hier im Heim können sie dir nichts anhaben. Du bist eben Legastheniker.«

»Was für'n Ding?«

»Legastheniker. Das ist modern. Das sind Kinder, die nie richtig lesen und schreiben lernen, weil ihnen der Sinn dafür fehlt. Das hat mit Faulheit nichts zu tun. Natürlich bist du intelligent genug, um lesen zu lernen. Das sieht man dir ja an. Aber du willst eben nicht. Ist ja auch deine Sache. Du kannst dich immer drauf rausreden, daß du Legastheniker bist, und dann dürfen sie dich nicht verprügeln.« Sie biß eine Weile nachdenklich an einem ihrer Fingernägel herum. »Und du sagst, du hättest das Gespenst wirklich gesehen?« fragte sie dann.

»Natürlich.«

Wieder hieb Greta mit der Faust aufs Tischchen. »Ich hab's gehört!« rief sie. »Jede Nacht habe ich's knarren und heulen und knistern und scharren gehört, und sie haben es immer wieder abgestritten! Mann, mit dir kommt Leben hier in die Bude, das sehe ich dir schon an!« Sie stand auf und klatschte Luzi begeistert die Hand auf die Schulter. »Mensch, es rührt sich was! Du bist prima, ein richtiges Talent, das sag' ich dir! Schlag ein und schwör, daß wir Freundinnen sind!«

Luzi nahm die dargebotene Hand. Auch Nicola stand auf und reichte ihr die Hand, und Luzi schüttelte auch diese.

Wenig später wurde Luzi zu Schwester Margaretha in deren Büro gerufen. Bei dieser Gelegenheit erfuhr sie, daß Schwester Margaretha die Oberin und damit die ranghöchste Schwester im Heim war. Ihr Büro war schlicht, mit nur wenigen Möbeln eingerichtet. Es war so sauber, daß selbst Luzis Adleraugen nur mit Mühe ein paar Staubkörnchen hätten entdecken können. Als Luzi eintrat, waren neben Schwester Margaretha noch ein Arzt und ein Beauftragter der Schulbehörde da. Der Arzt schien sich in dem Alter zu befinden, in dem andere längst pensioniert sind. Er hatte ein gerötetes Gesicht, eine bläuliche Knollennase und dichtes weißes Haar. Sein Name war Dr. Bierhofer. Der Beauftragte der Schulbehörde war ein strenger, älterer Herr mit grauen, glatt nach hinten gekämmten Haaren und dunklen, stechenden Augen. Er trug eine grasgrüne Krawatte. Der Aufschlag seiner Jacke war mit Sportabzeichen besetzt.

»Setz dich, Kind«, bat Schwester Margaretha. Sie drückte Luzi sanft in einen Polsterstuhl. »Wie gefällt es dir bei uns?«

»Ich glaube, es wird lustig hier«, antwortete Luzi.

»Das freut mich, mein Mädchen.«

Wieder mußte Luzi aus der Schlucht ein Verhör über sich ergehen lassen, das ähnlich verlief wie die bisherigen Verhöre, und am Ende sagte Herr Altmann, der Vertreter der Schulbehörde:

»Man weiß ja noch nicht mal, ob sie Österreicherin oder Deutsche ist. Zu meiner Zeit wäre das kein Problem gewesen, damals gehörte alles zum Großdeutschen Reich. Aber hier sehen wir geradezu internationalen Verwicklungen entgegen. Verantwortung für das Kind kann ich nicht übernehmen, nicht einmal vorübergehend. Zuerst muß die Identität des Mädchens festgestellt werden. Erst dann können wir überlegen, in welche Schule wir sie aufnehmen.«

Mit diesen Worten stand Herr Altmann von seinem Stuhl auf und verabschiedete sich von der Oberschwester und von dem Arzt. Er sah Luzi überhaupt nicht mehr an, sondern verließ festen Schrittes den Raum.

»Er hätte ihr wenigstens zum Abschied die Hand geben sollen«, urteilte Schwester Margaretha milde.

»Das meine ich auch«, stimmte Dr. Bierhofer zu.

»Sie machen ihre Lehrpläne perfekt und rechnen die Schülerzahlen pro Klasse und Lehrer aus, aber von Kindern verstehen sie überhaupt nichts.« Sie stand auf, ging um den Schreibtisch herum und legte ihre Hand auf Luzis Stirn. Dann nahm sie Luzis Hände auf, um zu fühlen, ob sie heiß oder kalt waren. So blieb sie eine Weile wortlos stehen. »Merkwürdig, Doktor«, sagte sie, »meine Kopfschmerzen sind schlagartig weg. Ob dies etwas mit der Berührung durch dieses Kind zu tun hat?«

»Unsinn«, erwiderte der Arzt, »ich sagte Ihnen doch, daß Sie meiner Therapie und meinen Tabletten ruhig vertrauen dürfen.«

»Aber ich habe Ihre Tabletten seit Tagen nicht mehr genommen.«

»Das ist allerdings merkwürdig«, sagte Dr. Bierhofer. »Doch nun komm mal mit, mein Kind.«

Das einzige, was an Mobiliar an den Wänden des kleinen Arztraums nicht die Farbe Weiß hatte, war ein großes bronzenes Kruzifix, das über der Tür hing. Der Arzt näherte sich Luzi mit so interessanten Gegenständen, wie sie sie noch nie gesehen hatte. Vor allem ein Gerät war es, das ihr fast noch mehr Eindruck machte als das silberne Abzeichen in Veronika Zieglers Auto.

Es war etwas, das Dr. Bierhofer »Stethoskop« nannte. Man konnte es um den Hals hängen, seine Enden in die Ohren stecken und den Herztönen lauschen. Die Pulsschläge rumpelten dann ganz laut, sie polterten, als befände sich ein fremdes lautes Wesen in einem selbst.

»Also du weißt nicht, wie alt du bist?« erkundigte sich der Arzt.

Luzi schüttelte den Kopf, daß ihre braunen Haare hin- und herflogen.

»Kannst du dich an irgendein wichtiges weltgeschichtliches Ereignis erinnern, das sich am Tage deiner Geburt oder in den ersten Wochen deines Lebens ereignet hat? Ach, das ist ja eine törichte Frage. Wie sollte sie sich denn an so etwas erinnern können!« Dr. Bierhofers Hand klatschte, wie um sich selbst zu bestrafen, gegen seine Stirn, was Luzi sehr leid tat, denn sie hatte nicht den Eindruck gehabt, daß der Doktor etwas Dummes gesagt hatte.

»Nein, so geht's nicht«, fuhr der Arzt fort. Luzi mußte den Mund öffnen, und er besah sich die Zähne und schlug mit einer vernickelten Pinzette dagegen. »Könntest zehn sein, könntest zwölf sein«, sagte er, »älter ganz gewiß nicht. Deinen Füßen nach bist du allerdings dreißig. Ist dir mal was auf die Zehen gefallen oder eine Dampfwalze drübergefahren?«

Luzi betrachtete ihre breitgetretenen Zehen. »Ich kann damit fast soviel machen wie mit meinen Händen«, erklärte sie, »deshalb bin ich ganz froh, daß sie so sind. Ich kann ein Taschentuch zwischen die Zehen nehmen und mir damit die Nase putzen. Ich kann mit den Zehen Streichhölzer anzünden, Kartoffeln schälen, an Bäumen rauf- und runterklettern und alles mögliche andere. Ich kann zum Beispiel gelbe Rüben mit den Zehen putzen und gleichzeitig Bilder anschauen.«

Dr. Bierhofer schüttelte den Kopf, weil er nicht wußte, was er dazu sagen sollte. Ein solcher Fall war ihm noch nie in seiner langen ärztlichen Praxis vorgekommen. Er räusperte sich und fragte: »Warst du schon mal krank?«

»Nein.«

»Noch nie?«

»Nein.«

»Weißt du überhaupt, was krank ist?«

»Sehr gut sogar. Mein Vater jammert und stöhnt immer, wenn er zuviel von dem scharfen Zeug getrunken hat. Und wenn ich ihn frage, was er hat, sagt er, er ist krank. Daher weiß ich's.«

»So, so«, der Arzt räusperte sich wieder, »aber dir hat noch nie etwas weh getan?«

»Oh, schon tausendmal. Mir tut's ziemlich weh, wenn mir ein schwerer Gegenstand auf den Fuß fällt, oder wenn ich mir das Knie an einer Felsecke anstoße, vor allem, wenn ich gerade am Rennen bin. Wenn ich durch den Bach steige, um Fische rauszuholen, und ich trete dabei auf einen spitzen Stein. Wenn mich eine Biene sticht, oder wenn ich in den Bergen ausrutsche und irgendwo runterfalle.«

»Aha, dann tut's weh.« Dr. Bierhofer wußte jetzt überhaupt nicht mehr, wie er eine brauchbare Untersuchung zuwege bringen sollte. »Na«, brummte er, »mit Kranksein hat das wahrhaftig nichts zu tun. Hast du schon mal grimmige Bauchschmerzen gehabt?«

»Schon oft.«

»Siehst du, jetzt wird's interessant.« Er begann, mit einem Kugelschreiber Eintragungen auf ein Karteiblatt zu machen. »War es in der Nähe des Blinddarms?« Der Arzt zeigte auf Luzis Bauch die Stelle an, wo der Blinddarm sitzt.

»Überall im Bauch, innen drin«, antwortete Luzi. »Meistens dann, wenn mir die Streichhölzer ausgehen.«

»Die Streichhölzer? Wieso denn das?«

»Weil ich dann kaltes Zeug essen muß. Ich habe mich schon wochenlang von rohen Rüben ernährt, nur eben Bauchschmerzen davon gekriegt. Oder von rohen Fischen aus dem Bach.«

»Kein Wunder«, murmelte der Arzt. »Wundert mich aber, daß du dabei doch einigermaßen kräftig geblieben bist. Und dein Herz ist gesund. Du scheinst überhaupt eine unverwüstliche Natur zu haben. Nun ja, wenn man tagaus, tagein in frischer Luft lebt und sich von Lebensmitteln ernährt, die nicht vergiftet sind wie alle unsere Nahrungsmittel.«

Es folgte ein längerer Wortschwall über die Umweltverschmutzung. Nach des Doktors Meinung war alles, was früher gewesen war, gut und alles, was heute war, schlecht. Er schimpfte auf Autos, die Lärm und Gestank verbreiten, auf Flugzeuge und überhaupt alles, was mit einem Motor angetrieben wurde. Er schimpfte auf Insektenvernichtungsmittel, die über Äcker versprüht würden, um Schädlinge zu bekämpfen, und die unendlich mehr Schaden mit ihrem Gift anrichteten, als Insekten es je könnten. Er schimpfte auch auf moderne Waschmittel, auf zu laute Musik und auf Zigaretten. Luzi gewann den Eindruck, daß dem Doktor die Welt im ganzen ganz und gar nicht gefiel. Damit beendete er die Untersuchung.

Kaum war Luzi um die Ecke des düsteren Flurs verschwunden, als Dr. Bierhofer an der Tür zum Büro der Oberschwester anklopfte und eintrat. »Nun?« erkundigte sich Schwester Margaretha milde lächelnd.

»Sie ist gesund wie ein junger Karpfen«, antwortete der Doktor. »Um die brauchen Sie sich keine Sorgen zu machen. Aber wenn Sie mir ein Gläschen von Ihrem Melissengeist geben, verrate ich Ihnen eine sehr merkwürdige Angelegenheit.« Schwester Margaretha schenkte ihm sorgfältig das einzelne Glas ein, das auf einem Regalbrett neben der Flasche stand, und weil sie wußte, daß der Arzt zur Hälfte vollgeschenkte Gläser mißbilligte, goß sie es gleich bis zum Rand voll.

»Etwas Geheimnisvolles ist geschehen«, berichtete der Doktor. »Sie wissen doch, daß mich der Ischias so plagt, nicht wahr? Nun, seit zwanzig Minuten bin ich die Schmerzen los. Ich spüre überhaupt nichts mehr, obwohl sonst gerade die Vormittagsstunden die allerschlimmsten sind, insbesondere bei Inversionswetterlage mit niedrigem Luftdruck, wie er zur Zeit herrscht.«

Oberschwester Margaretha nickte versonnen, als wüßte sie natürlich weit mehr über die im Verborgenen liegenden Dinge dieser Welt als ein Weltlicher wie der Arzt. »Ja«, stimmte sie leise zu, »es ist dieses Mädchen ...«

Dr. Bierhofer trank genüßlich den Melissengeist in zwei Zügen aus, sah das leere Glas und danach die noch zu drei vierteln gefüllte Flasche sehnsüchtig an, und Schwester Margarethas Wissen um die geheimnisvollen Rätsel der Seele reichte so weit, zu erkennen, daß der Doktor gerne noch ein zweites Glas Melissengeist wollte, und sie schenkte es ihm ein. Der Arzt, der ja weit über das Pensionsalter hinaus war und lediglich aus Liebe zur Menschheit noch arbeitete, hatte mit Luzis Untersuchung seinen Tagesdienst verrichtet. Natürlich konnte der Fall eintreten, daß eins der hundertzwanzig Mädchen des Heims sich ein Bein brach oder sich in den Finger schnitt oder barfuß in Brennesseln geriet oder Fieber bekam, aber es war doch kaum anzunehmen. Mit dem Glas in der Hand stand er da und blickte nachdenklich zum Fenster hinaus, wo im Garten eine regennasse, kahle Ulme stand. Schwester Margaretha saß mit gefalteten Händen hinter ihrem Schreibtisch, den Blick durch die dicken Augengläser auf das Marienbild an der Wand gerichtet. Beide dachten lange nach, und es stellte sich heraus, daß sie an dasselbe dachten.

»Ob sie etwa ...?« fragte der Doktor.

Die Oberschwester schien zu nicken.

»Ob sie etwa Sandie ...?« fuhr der Arzt fort.

»Frau Ziegler hat erzählt, dem Mädchen seien alle Tiere nachgelaufen und sie könne sogar entflogene Wellensittiche zurückholen. Und sie hätte jetzt im Spätherbst Blumen zum Blühen gebracht. Vielleicht hat sie mir die Kopfschmerzen wirklich genommen und Ihnen den Ischias? Und warum sollte sie nicht bei Sandie...?«

Die Oberschwester begann plötzlich zu schluchzen, weil ihre Widerstandskraft nur gegen ein bestimmtes Maß an Traurigkeit reichte und nicht darüber hinaus. Sie nahm ihre Brille ab und tupfte mit einem weißen Tüchlein, das sie ihrem Ärmel entnahm, die Tränen aus den Augen. »Weshalb sollte Gott in seiner unendlichen Güte nicht solch ein kleines Wesen zu uns geschickt haben, in der einzigen Absicht, eine tödliche Krankheit von unserer kleinen Sandie zu nehmen?« fragte sie.

Der Doktor goß sich jetzt, ohne zu fragen, ein Gläschen nach, drehte den Verschluß der Flasche zu und trank. »Es wäre nicht das erste Wunder«, murmelte er.

Schwester Margaretha fügte hinzu: »Es ist ja nur eine winzige, unendlich geringfügige Hoffnung. Als könnte man in der Wüste Sahara das einzige Körnchen finden, das dieses Wunder bewirkt und die Heilung enthält. Mehr ist es ja nicht. Wir dürfen uns keine wirklichen Hoffnungen machen. Doch das Kind soll mit Sandie zusammentreffen.«

»Ja, und wir dürfen es nicht übereilen, um nichts zu zerstören«, sagte Dr. Bierhofer feierlich.

Kann Sandie geheilt werden?

Sandie war ein elfjähriges Mädchen mit kastanienbraunem, lockigem, widerspenstigem Haar. Sie hatte ein sehr blasses, schmales Gesicht, noch schmaler als Luzi, und sanftmütig blickende graugrüne Augen. Ihre Eltern waren bei einem Autounfall ums Leben gekommen, als sie gerade zwei Jahre alt war. Von da an wurde sie herumgereicht wie die Lesezirkelmappe im Wartezimmer eines Arztes. Sie wanderte als Pflegekind von einem zum anderen, wurde schließlich adoptiert, doch ihre Adoptiveltern bekamen Krach, und das Jugendamt nahm ihnen Sandie weg und brachte sie in ein Heim. Bald darauf nahm ihre Großmutter sie zu sich, und als diese starb, kam sie erneut in ein Heim, bis sie endlich bei Schwester Margaretha im Heim St. Pankraz landete. Bald darauf brach ihre tückische Krankheit aus, die mehr und mehr an ihren Kräften zehrte. Sie wurde mager und so kraftlos, daß sie an manchen Tagen nicht einmal den Suppenlöffel halten konnte. Ständig hatte sie leichtes Fieber, und es gab kein Medikament, das gegen ihr Siechtum half.

Als Luzi am Tage nach ihrer Ankunft in dem Heim zum erstenmal von einem kranken Mädchen erfuhr, wollte sie es unbedingt sehen. Greta führte sie in den zweiten Stock eines Anbaus, in ein enges, vom trüben Licht einer schirmlosen Wandlampe erleuchtetes Zimmer. An zwei aneinandergepackte Kissen gelehnt, saß Sandie auf ihrem Bett und las ein Buch. Das Fenster war winzig. Draußen regnete es.

Der Wind trieb nasse, welke Herbstblätter gegen die Scheiben. Das Buch, das Sandie las, hieß »Deutsche Heldensagen«.

Luzi trat hinter Greta ein und sagte, ohne zu grüßen: »Stimmt es, daß du krank bist?«

Sandie sah von dem Buch auf und antwortete ruhig: »Ja.«

»Bist du irgendwo runtergefallen?«

»Nein.«

»Hast du giftige Pilze gegessen?«

»Nein.«

»Was dann?«

»Ich weiß es nicht.«

»Du mußt doch wissen, wieso du krank bist.«

»Ich weiß es aber nicht. Frag den lieben Gott, der wird's dir schon sagen.«

»Das ist ziemlich merkwürdig«, sagte Luzi zu Greta.

»Sicher«, bestätigte Greta, »ich kann dir sagen, was sie ist: ein Opfer der Gesellschaft. Du mußt nur mal hören, wo sie schon überall gelebt hat.« Leise und nur für Luzi hörbar fügte sie hinzu: »Sie sagen es nicht, aber es ist wohl Leukämie.«

Luzi verstand von solcherlei Reden nicht viel. Sie starrte eine Weile Sandies dünne Arme und Beine und dann ihr wächsernes Gesicht an und sagte dann: »Vom Rumsitzen wirst du bestimmt nicht gesund werden.«

Sandie erwiderte nichts.

»Kannst du denn nicht gehen?« erkundigte sich Luzi.

Sandie schüttelte den Kopf. »Nur mühsam.«

»Seit wir Luzi im Heim haben«, sagte Greta zu Sandie, »ist mächtig was los. Endlich mal Stimmung in dieser muffigen Bude. Rate mal, was sie gestern gemacht hat?«

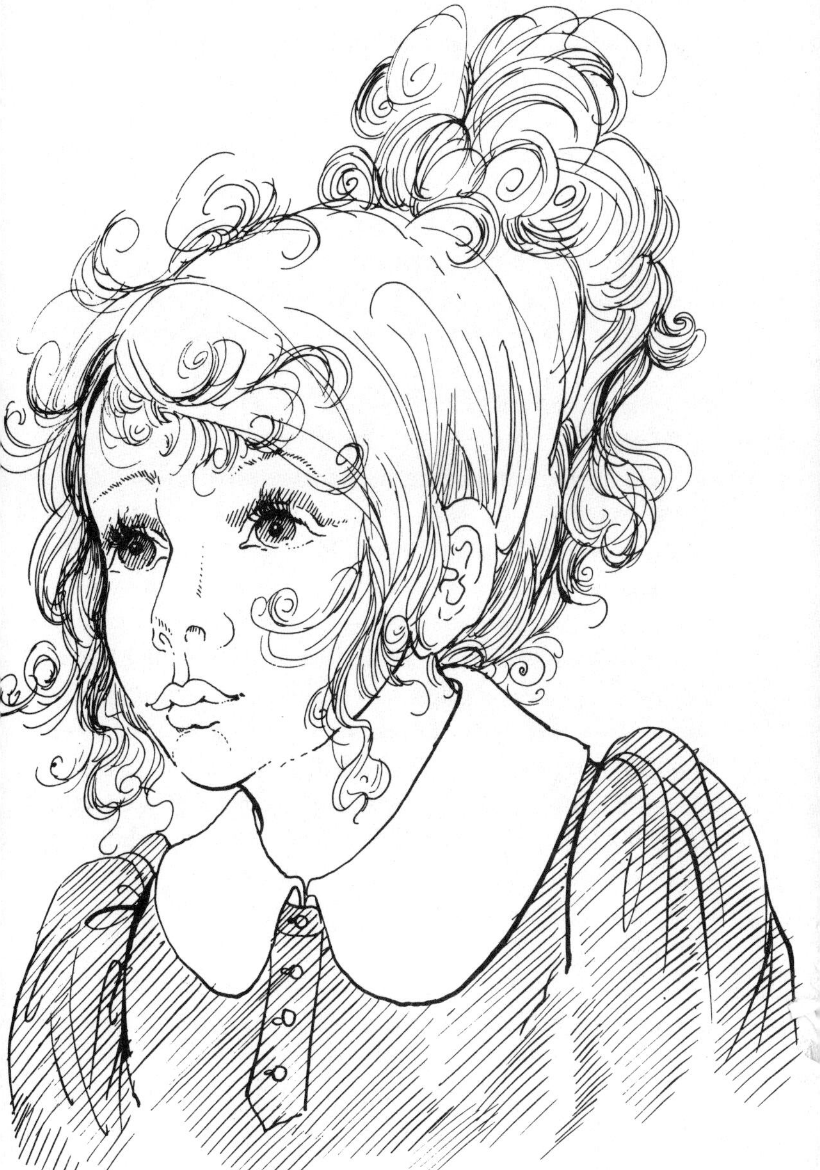

Sandie lächelte neugierig.

»Na rate doch mal.«

Sandie zuckte die Achseln.

»Sie hat es sage und schreibe fertiggebracht, die Katzen auf unser Zimmer zu rufen. Sie kamen auf ihren Befehl übers Dach und durchs Fenster. Stimmt's, Luzi?«

Luzi schob die Unterlippe vor.

»Ich würde gerne mal bei so was zusehen«, sagte Sandie.

»Solange du dich hier verkriechst, wird's nicht gut möglich sein«, erwiderte Luzi. »Wieso hockst du denn hier mutterseelenallein in diesem finsteren Loch? Du bist das einzige Mädchen im Heim, das ein Einzelzimmer hat.«

»Ich bin es gewohnt, alleine zu sein«, sagte Sandie. »Es ist wegen meiner Krankheit.«

Luzi entgegnete: »Ich war fast mein ganzes langes Leben allein und verkrieche mich trotzdem nicht. Komm doch in unser Zimmer rüber. Bei uns ist ein Bett frei.«

Sandies Augen leuchteten. »Würdet ihr mich denn nehmen?« fragte sie. »Na hör mal, stell bloß nicht so dumme Fragen!« rief Luzi. »Natürlich wollen wir dich nehmen!

»Und eins kann ich dir verraten«, fügte Greta hinzu. »Das mit den Katzen war nicht das einzige Kunststück, das Luzi vollbracht hat, und wird nicht das einzige bleiben, das wir zu sehen kriegen, nicht wahr, Luzi?«

Luzi erwiderte im Stegreifreim: »Kunst und Zauber kommen ungefragt, zu jeder Stunde, ob Nacht, ob's tagt, niemand weiß, ob kalt oder heiß.«

»Ein rätselhafter Vers«, sagte Greta, »der bestimmt einen alten Zauber enthält!«

Sie verließen das Zimmer, um Oberschwester Margaretha Sandies Verlegung in Zimmer 17 vorzuschlagen. Die

Oberschwester entsprach dem Wunsch sofort. Sie sah in dem Verlangen der Kinder ein weiteres Anzeichen einer überirdischen Führung, die Sandies schwere Krankheit betraf.

Greta, Nicola und Luzi schleppten Sandies Sachen über gebohnerte Flure und Treppen ins Zimmer 17 und ordneten sie dort in das leerstehende Spind ein.

Noch am selben Tag führte Luzi der kranken Sandie und den beiden anderen Mädchen verschiedene unterhaltsame Einlagen vor. Zuerst lockte sie einen vom Wind und Regen zerzausten Sperling von der nassen Wiese ins Zimmer, indem sie dem kleinen graubraunen Vogel merkwürdige Handzeichen machte. Sie pfiff dabei in trillernden Tönen, als hätte sie eine Pfeife im Mund, und tatsächlich lockte dies den Sperling an. Er flatterte von der Wiese hoch, klammerte sich mit seinen winzigen Krallen am Fensterbrett fest, flog ins Zimmer und setzte sich oben auf die Kante von Sandies rot-grün kariertem Stoffkoffer.

»Gut gemacht und nun gut Nacht«, sagte Luzi, und im selben Augenblick flatterte der Sperling hoch und verschwand durchs Fenster nach draußen.

Eine weitere vergnügliche und erstaunliche Darbietung war folgende: Luzi sprang vom Fenster aus auf den dicken Ast einer Kastanie, kletterte wie ein Affe am Stamm empor bis in die kahlen Wipfeläste, schwang sich von dort aufs Dach und rutschte an der Dachrinne herunter. Wieder im Zimmer, wischte sie mit den Händen den Schmutz von dem mausgrauen Anstaltskleid, das sie trug. Ihre Tat wurde mit unermeßlicher Bewunderung belohnt.

Durch diese Bewunderung angespornt, versuchte Luzi sich an einem weiteren Kunststück. Sie drehte den Wasserhahn an einem der beiden Waschbecken auf, so daß ein dünner Strahl kalten Wassers auf das weiße Porzellan plätscherte. Dann ging sie vor dem Waschbecken in die Knie, legte die Unterarme auf den Beckenrand und sagte zu dem Strahl: »Strahl, hör auf, nicht mehr lauf, Wasser mach halt, ob heiß oder kalt!«

Der Strahl plätscherte aber trotzdem munter weiter und scherte sich nicht im geringsten um Luzis Reim.

Wahrscheinlich sei er ganz einfach aus irgendeinem Grunde verärgert und tue es aus Trotz nicht, war die Ansicht, die Greta nach dem mißglückten Kunststück vertrat. Aber Luzi meinte nur kurz:

»Der Hahn ist leblos und tot. Nichts pulst in ihm. Und was tot ist, kann nicht hören, stimmt's?«

Dies war eine einleuchtende Erklärung, die über alle Zweifel erhaben war.

Der Versuch, einen Wasserhahn durch bloßes Zureden schließen zu wollen, blieb trotz seines Fehlschlagens eine ganz ungeheuerliche Tatsache, die sich in Windeseile herumsprach und Luzi im Mädchenheim noch mehr Ruhm eintrug. Vor allem Sandie war begeistert und empfand ein tiefes Glück, ihr Bett neben dem von Luzi und dem der berühmten Greta stehen zu haben, und sie vergaß ihre Krankheit darüber völlig. Als die Kinder wenig später zum Abendessen in den Speisesaal gerufen wurden, sprang sie vom Bett, knickte aber ein und stürzte hin, weil sie nicht mehr an die Schwäche ihrer Beine gedacht hatte. Mit schmerzverzerrtem Gesicht richtete sie sich auf und humpelte zur Tür. Luzi ging ihr nach und sagte:

»Eins ist mir ja klar, daß du gar nicht gesund sein kannst, wenn du monatelang allein in einem finsteren Zimmer wohnst. Nur wenn du dich freust und voll Zuversicht bist, kannst du gesund werden. Wenn du's aber nicht bist, wirst du die Krankheit nie los. Das Glück ist ein Feind jeder Krankheit.«

»Das ist wahr«, mischte sich Greta ein, der soeben ein interessanter Gedanke gekommen war, »das Glück geht ins Blut und breitet sich darin aus. In den Adern greift es die Krankheitserreger an und bekämpft sie. Und je mehr Glück du empfindest, desto mehr solcher Soldaten schwärmen aus und drängen ins Blut, um alle Krankheitskeime zu vernichten.«

Greta, Luzi, Nicola und Sandie stiegen die breite Treppe hinab und gingen in den Speisesaal. An einer der drei langen Tafeln nahmen sie einander gegenüber Platz. Greta sagte: »Mal sehen, was es zu essen gibt. Sie haben nämlich die Pflicht, uns was Ordentliches vorzusetzen, für die vielen Steuergelder, die sie kriegen. Sie dürfen uns nicht dauernd mit Würstchen abspeisen.«

An diesem Abend war Greta mit ihrem Essen zufrieden, denn es gab ihre Leibspeise: Spaghetti mit Tomatensauce und Parmesankäse.

Eines Tages, auf ihrem Zimmer, sagte Luzi: »Jetzt muß ich bald mal in die Schlucht und nachsehen, ob mein Vater wieder da war. Das Dumme ist nur, daß ich nicht genau weiß, wo's langgeht.«

»Weißt du, wie der nächste Ort heißt?« fragte Sandie.

»Es gibt da einen Ort, der heißt Ried, aber der ist auch ziemlich weit weg«, antwortete Luzi.

»Aber ist in Bergen und nicht an Meer, oder in flaches Land?« erkundigte sich Nicola.

»Was meint sie?« wandte Luzi sich stirnrunzelnd an Greta. »Sie meint, ob der Ort in den Bergen liegt und nicht am Meer oder im Flachland«, dolmetschte Greta.

»Er ist in den Bergen«, sagte Luzi zu Nicola, »und sonst weiß ich nur, daß sie sich die Köpfe darüber zerbrochen haben, ob ich deutsch oder österreichisch bin.«

»Dann ist alles ganz leicht«, entschied Greta zuversichtlich. Gemeinsam mit Nicola schleppte sie Atlanten, Autokarten und sogar den Globus aus der Heimbibliothek aufs Zimmer. Der Globus war natürlich für die Suche nach Luzis Schlucht ungeeignet, aber man konnte schön an ihm drehen, und die Erde zeigte dabei jedesmal ein anderes Gesicht. Luzi war überrascht, zu erfahren, welch gewaltigen Anteil die Meere an der Erdoberfläche haben. Greta deutete mit der Spitze einer Häkelnadel auf einen Punkt, der die Stadt München darstellte, und nur Millimeter daneben auf das Alpengebiet, aus dem Luzi stammte. »So nah ist deine Heimat von hier aus«, erläuterte sie. »Und so riesig ist die übrige Welt.«

Erst jetzt erhielt Luzi einen Begriff davon, was es bedeutete, Weltreisender zu sein, und welch unermeßliche Entfernungen ihr Vater zurücklegen mußte auf seiner Reise in unerforschte Gebiete und zu berühmten Leuten.

Die findige Greta breitete schließlich eine Autokarte auf dem Parkett aus. Hier lagen München und das bayerische Alpengebiet sehr weit auseinander, an je einem Ende der großen Karte. Dazwischen waren grüne und rote Linien, von denen Greta sagte, es seien Straßen. »Die blauen Flecke sind Seen, und die blauen Linien sind Flüsse«, erklärte sie. Mit einem roten Filzschreiber zog sie ein Oval und sagte: »Hier irgendwo bist du zu Hause. Auf der österreichischen oder auf der deutschen Seite. Wird nicht leicht zu finden sein. Allein schaffst du's auf gar keinen Fall. Dich hätte schon nach den ersten hundert Metern ein Auto überfahren oder ein Hund gebissen.«

»Das gewiß nicht.«

»Auf jeden Fall kannst du's niemals dorthin schaffen, weil es zu weit weg ist und weil du nicht weißt, wie man Zug oder Bus fährt.« Luzi sagte nichts. Sie dachte angestrengt nach, um herauszufinden, was am Zug- oder Busfahren so schwierig sein könnte. Wahrscheinlich gehörte noch mehr dazu, als sich nur hineinzusetzen.

»Wieviel Geld hast du denn überhaupt?« fragte Sandie, die auf dem Bauch auf ihrem Bett lag, den Kopf in die Hände gestützt.

»Ich hatte eine Mark, aber die habe ich verschenkt«, antwortete Luzi.

»Da hast du nicht viel verschenkt«, sagte Greta. »Ob du eine oder keine Mark hast, spielt keine Rolle. Eigentlich muß man dich beglückwünschen, denn solange du kein Geld hast, kannst du nicht Opfer der trabenden Inflation werden, die uns die Regierungen einbrocken.« Greta musterte nachdenklich die Landkarte. »Wieviel Geld hast du, Sandie?« fragte sie.

»Dreißig Mark, aber die liegen bei der Schwester Oberin im Tresor.«

»Nein, wieviel du wirklich hast. Ich meine hier, bares, flüssiges Geld.«

Sandie rutschte vom Bett, humpelte zur Tür und kramte ihre Geldbörse aus dem dunkelblauen Tuchmantel, der dort am Haken hing. Sie zählte ihr Geld und sagte: »Zwei Mark vierundneunzig.«

»Und du, Nicola?« fragte Greta.

»Ein Schein hab fünf Mark, noch Markstück und Zehnerle«, antwortete das dunkelhaarige Türkenmädchen.

Nach erneutem Überlegen schlug Greta vor: »Wir werden unter allen Mädchen eine heimliche Sammlung veranstalten, damit Luzi und ich in die Schlucht reisen können, um Luzis Vater zu besuchen. Wir werden uns natürlich heimlich aus dem Staub machen. Nach dem Gesetz können sie uns nichts tun, weil wir noch nicht strafmündig sind. Ich meine, sie können uns nicht ins Gefängnis bringen. Außerdem kommen wir wieder. Wir werden niemandem auch nur den kleinsten Schaden zufügen. Sorgen werden sie sich natürlich schon machen und ein paar Regimenter Polizisten hinter uns herhetzen, aber das stört uns ja nicht. Wir schicken sie mit irgendeinem simplen Trick in die falsche Richtung. Erwachsene sind ziemlich doof, und Polizisten erst recht.«

»Die Polizisten, die ich kennengelernt habe, waren nicht doof«, widersprach Luzi. »Die waren alle sehr nett.«

»Da hast du eben Glück gehabt«, sagte Greta. »Polizisten sind im Verbieten ganz groß. Es ist ihr Beruf. Du mußt dich mal neben einen hinstellen und ihm eine Weile zuschauen. Von zehn Leuten, mit denen er redet, wollen vier wissen, wo's irgendwo langgeht und wo diese und jene Straße ist. Und den anderen sechs verbietet er irgend was, oder er schimpft sie aus, weil sie bei Rot über die Ampel sind oder mit dem Fahrrad auf dem Gehsteig fahren oder Kirschkerne auf den Boden spucken oder betrunken umhertorkeln und dabei singen. Aber wovon haben wir vorhin geredet? Also, wir machen die Sammlung und suchen Luzis Schlucht.«

»Kann ich nicht mit?« fragte Sandie zaghaft.

»Geht nicht, du bist krank«, lehnte Greta ab.

»Ich fühle mich aber schon viel besser.«

Greta schüttelte gebieterisch den Kopf. »Das kommt nicht in Frage. Du bist ein zu großes Fluchtrisiko. Wir können unmöglich eine Kranke mitschleppen, das wäre eine zu große Belastung, auch nervlich. Das halten meine Nerven nicht aus, und ich kriege die Migräne, außerdem Komplexe und Depressionen.«

»Also, wenn Sandie bei mir in der Schlucht wäre«, warf Luzi ein, »wäre sie bald gesund, ganz gleich, was für eine Krankheit sie hat.«

»Meinst du wirklich?« fragte Greta überrascht.

»Ganz bestimmt.«

»Sagst du's nur aus Spaß, oder glaubst du's im Ernst?«

»Ich meine es ganz im Ernst«, antwortete Luzi.

Nach einer Pause tiefer Versunkenheit und Grübelns sagte Greta: »Dann allerdings würde ich vorschlagen, wir schleifen sie mit. Wenn ich auch ein bißchen schwarz dabei sehe...«

Wir sind illegal!

An einem dieser regnerischen Herbsttage nahm Dr. Bierhofer Sandie nach dem Mittagessen zur Seite und erklärte ihr, daß sie zu einer erneuten Untersuchung in die Klinik gebracht werden müsse. Luzi sah von der Halle aus zu, wie Oberschwester Margaretha der kleinen Sandie den blauen Tuchmantel anzog und einen dicken tomatenroten Schal um ihren Hals schlang, als säße ihre Krankheit im Hals, im Rachen oder in den Mandeln. Schwester Margaretha und der Arzt sahen besorgt aus.

Am Nachmittag brachte Schwester Margaretha Sandie ins Heim zurück und sofort nach oben ins Bett. Sie kniete vor ihrem Bett und sprach mit ihr zusammen ein Gebet, und durch die stark gewölbten Brillengläser konnte man sehen, daß die Schwester Oberin weinte oder zumindest geweint hatte. Nach dem Amen schickte sie Greta, Luzi und Nicola aus dem Raum. »Laßt sie in Ruhe, Kinder«, bat sie mit leiser Stimme. Später zogen sie und der Arzt sich ins Büro der Oberschwester im Erdgeschoß zurück, und man sah die beiden an diesem Tage nicht mehr.

Luzi betrat Zimmer 17 wieder und schloß die Tür hinter sich. Mit großen Augen musterte sie die im Bett liegende Sandie. Sie empfand keinerlei Neid, aber sie ahnte, daß Sandie etwas Großartiges, Einzigartiges in ihrem kleinen Körper beherbergen mußte. Etwas, was sie selbst nicht besaß und was Sandie von allen anderen Mädchen im Heim unterschied, dessen nur äußerliche Merkmale ihre dünnen Arme und ihr blasses Gesicht waren. Und Luzi war damit sehr nahe an Sandies Geheimnis, ohne zu wissen daß dieses

Einzigartige der Tod war, der langsam von Sandie Besitz zu ergreifen suchte.

»Tut dir der Hals weh, weil sie dir so'nen riesigen Schal um den Hals gewickelt haben?« fragte sie.

Sandie schüttelte lächelnd den Kopf.

»Sie machen so viel mit dir ...«

Sandie antwortete nicht. Ihre bernsteinfarbenen Augen waren ruhig auf Luzi gerichtet, während diese, weil ihre Neugier bei weitem nicht befriedigt war, am Bett auf und ab ging. Schließlich setzte sich Luzi auf die Bettkante.

»Du bist ebenso krank wie die Bäume da draußen«, sagte sie, »und wie der Regen, der trübe ist und von einem ungesunden Wind gebracht wird und aus schmutzigen Wolken kommt. Selbst die Nacht ist hier krank, weil überall Lampen brennen.«

»Und in deiner Schlucht ist es anders?«

»Ganz anders.«

»Erzähl mir von deiner Schlucht.«

»Die Regentropfen, die zu mir kommen und an Blättern und Grashalmen hängenbleiben, glitzern und funkeln in der Sonne wie Edelsteine. Wenn du einen solchen Regentropfen ganz in der Nähe besiehst, erkennst du alle Farben, die du je zuvor in der Stadt gesehen hast, nur klarer und leuchtender.«

»Leuchtender als die Farben meiner Filzstifte?«

»Viel leuchtender. Alle Farben sehen aus, als wären sie von innen heraus erleuchtet. Wenn der Regen weitergezogen ist und die Sonne durchkommt, ist die Wiese vor meiner Tür voll unzähliger solcher Glitzertropfen. Und du kannst herumkriechen und sie dir alle ansehen, und jeder einzelne sieht anders als der nächste aus, so wie auch jede Schneeflocke anders aussieht als ihre Nachbarin. Und jeder Regentropfen versucht mit seinem Funkeln die anderen zu übertreffen, so wie es auch die Sterne tun.«

»Das muß toll sein.«

»Ist es auch. Aber es gibt noch viele andere Dinge, die ebenso wunderschön sind.«

»Was zum Beispiel?«

»Zum Beispiel die Grashalme selbst. Sie sind wunderbar geformt, lang, schlank und biegsam, und alle haben ihre Spitzen noch, und wenn der Wind kommt, neigen und strecken sie sich, richten sich auf und warten auf den nächsten Windstoß. Es sind kleine Lebewesen, die mit dem großen Bruder, dem Wind, spielen. Hast du schon mal ein Stück Wiese richtig angeschaut?«

»Ich weiß nicht. Ich glaube nicht.«

»So ein Fleck Wiese ist wie eine Stadt. Käfer, Schnecken und Ameisen beleben die Straßen zwischen den Halmen; Spinnen, Raupen, Bienen und Mücken verkehren in den oberen Stockwerken. Für einen Johanniskäfer ist es ein großes Abenteuer, wenn er auf einem Grashalm nach oben an die Spitze klettert, die Flügel ausbreitet und davonschwirrt. Man kann stundenlang vor einem solchen Fleck Wiese sitzen und zuschauen.«

»Wie vor einem Fernseher, nicht wahr?«

»So ungefähr. Wo die Büsche und Sträucher wachsen, ist eine andere Welt mit anderen Tieren. Und wieder verschieden sieht alles am Waldrand aus. Verschieden und auf andere Weise schön.«

»Ich wollte, ich sähe so aus wie du«, sagte Sandie plötzlich.

»Wie meinst du das?«

»Ich finde, du siehst schön aus.«

»Alle Mädchen sehen gleich aus, genau wie kein Reh schöner ist als das andere. Hast du schon mal eine Forelle gesehen, die weniger hübsch aussieht als ihr Bruder?«

»Die Packungen sehen alle gleich aus.«

»Welche Packungen?«

»Die farbigen Packungen, die man in den Geschäften aus den Gefriertruhen holt.«

Luzi sagte eine Weile nichts, grübelte jedoch angestrengt nach, um herauszufinden, was Sandie wohl meinte. Schließlich sagte sie: »Verpackt schwimmen sie bei mir nicht rum. Weiß nicht, was du damit meinst.«

»Daß man sie bei uns eben nicht schwimmen sieht. Aber erzähl mir mehr von deiner Schlucht.«

»Der Bach ist eine Welt für sich, und jeder Abschnitt des Bachs ist wieder für sich eine kleine Welt, weil ja die Lage der Steine oder der angeschwemmten Erde, der Ufernischen und Höhlen anders ist und deshalb andere Arten von Fischen sich dort ihr Zuhause eingerichtet haben. Manchmal kommen auch Wanderfische oder Räuber von weither, die immerzu die Welt durchstreifen und voller Abenteuerlust sind, genau wie mein Wolf.«

»Dein Wolf?«

»Ja, mein Wolf.«

»Hast du keine Angst vor ihm?«

»Eher hat er Angst vor mir, daß ich ihn nämlich davonscheuchen könnte, wenn er zu Besuch kommt. Auch der Wald ist eine Welt für sich, und jeder einzelne Teil davon. Die Bäume, das Moos, das Farnkraut, der Waldboden. Und der Wald verändert sich, je nachdem, ob es regnet oder ob es heiß ist, und natürlich in den verschiedenen Jahreszeiten, vom Frühling bis zum Schnee im Winter.«

»Schön«, sagte Sandie nur. »Es ist schön, wenn man etwas so liebt wie du.« Sie betrachtete ihre weißhäutigen Finger und die von Schwester Margaretha sorgsam gestutzten Fingernägel. »Ist unsere Welt hier wirklich so krank, Luzi?« fragte sie.

»Ich muß mich schon wundern, wie die kranken Bäume in der Stadt überhaupt Blätter kriegen können.«

»Manche tun's nicht mehr, Luzi. So wie die Linde an der Garageneinfahrt, die seit Jahren abgestorben ist und jetzt gefällt wird.« Greta trat ein. Sie zeigte ein aus einem weißen Taschentuch geknüpftes Säckchen her, ließ es auf den Boden fallen, kniete davor nieder und knüpfte es auf. Es waren viele silberne und messingfarbene Münzen und einige Scheine darin.

»Ich denke, die Sammlung hat genügend Geld erbracht, daß wir drei unverzüglich in die Schlucht reisen können«, sagte Greta.

In dieser Nacht, noch vor der Morgendämmerung, verließen Greta, Luzi und Sandie heimlich das große Haus über die Mauer neben dem Gartenschuppen. Ein feiner Nieselregen fiel. Autos brummten die nasse Fahrbahn entlang, die im Scheinwerferlicht glänzte. An den Straßenbahnhaltestellen sammelten sich Menschen, hinter den Fenstern flammten Lichter auf.

An einer Bushaltestelle raunte Greta Luzi zu: »Paß genau auf, was ich tue, und mach's nach. Und vor allem: mach so selten wie möglich den Mund auf, verstanden?«

»Wieso soll ich den Mund nicht aufmachen?«

»Weil du uns sonst verrätst. Wir sind jetzt illegal. Verstanden?«

»Nein.«

»Illegal heißt unerlaubt. Wie Spione oder Terroristen.«

»Aha.«

»Immer noch nicht kapiert?«

»Nicht ganz.«

»Es ist so: wenn sie uns erwischen, werden wir verhaftet, weil wir illegal unseren Wohnsitz verlassen haben. Das ist verboten. Wenn die Polizei uns jetzt aufgreift, dann gnade uns Gott.«

»Mir tun sie nichts«, behauptete Luzi, »das weiß ich ganz genau. Sie sind alle gut befreundet mit mir.«

»Nicht alle«, widersprach Greta. »Komm nur mal an den falschen, dann wirst du schon sehen. Schlag jetzt den Jakkenkragen hoch, damit sie deine Identität nicht so schnell erkennen. Vielleicht ist schon ein Steckbrief raus. Sie arbeiten heute überall mit Computern. Und wie gesagt: Nur nicht unangenehm auffallen, Luzi. So wie du angezogen bist mit deiner viel zu großen Hose, ist das sowieso schwer, aber solange du kein doofes Gesicht machst, werden sie dich deswegen nicht gleich hochnehmen.«

Der Bus näherte sich, hielt mit quietschenden Bremsen, und Greta, Sandie und Luzi stiegen mit ihrem kleinen Handgepäck ein. Der Busfahrer händigte Greta drei Fahrscheine aus, und sie bezahlte dafür.

»Nun, ihr drei seid ja mächtig früh auf den Beinen«, sagte der Fahrer, ein dicker Mann mit einem blonden Schnauzbart. »Wo geht's hin? Zur Schule?«

»Nein, in meine Schlucht«, antwortete Luzi wahrheitsgetreu. Sofort spürte sie Gretas knochigen Ellenbogen in ihrer Hüfte.

»Schlucht?« fragte der Busfahrer und sah von einer zur anderen. Sein Blick blieb auf Sandies etwas aufgeschürfter Wange haften.

»Sie ist von der Mauer gefallen, wie wir ausgerissen sind«, erklärte Luzi treuherzig. »Sie ist auch ziemlich schlapp, und das ist ein Nachteil, wenn uns Polizisten verfolgen, die uns einsperren wollen, weil wir illegal sind.«

Gretas Ellenbogen stieß wieder in ihre Hüfte, und Luzi hörte die Freundin laut stöhnen. »Illegal?« fragte der Busfahrer erstaunt. »Wer ist hier illegal?«

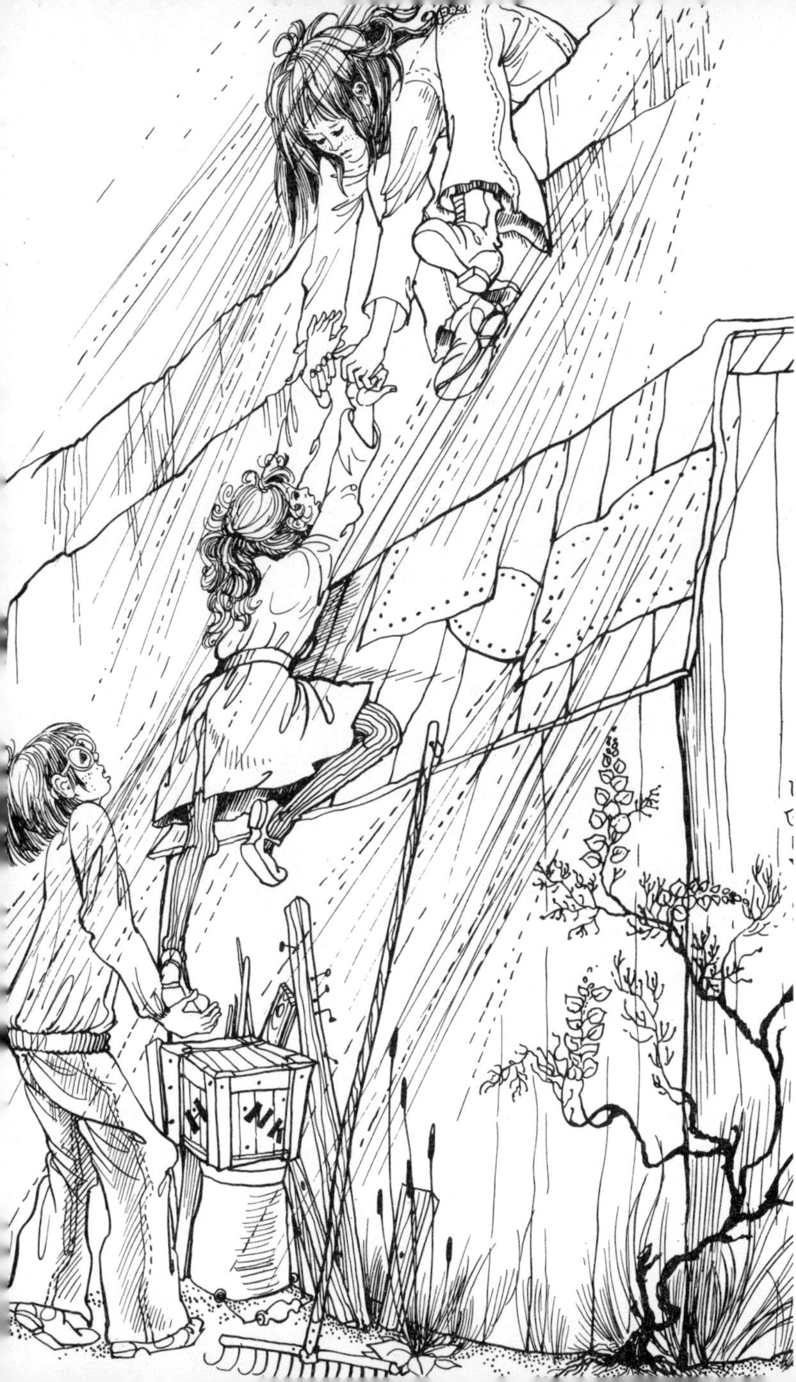

Luzi wechselte das Thema: »Müssen Sie den ganzen Tag in so einem fahrbaren Häuschen sitzen?« Sie griff mit der Hand fest nach dem silbernen Abzeichen, das der Busfahrer auf dem Revers seiner Uniformjacke prangen hatte, und versuchte, daran zu drehen. »Aber für so ein Zeichen würde ich's auch tun«, fügte sie hinzu.

Von den rückwärtigen Sitzreihen wurden Proteste laut. Es war darin die Rede von dummen Gören, die auf dem Schulweg den Busbetrieb aufhalten, wo andere Leute zur Arbeit müßten. Der Busfahrer ließ mit einem Knopfdruck die Tür zugleiten und sagte, während er anfuhr, zu Luzi: »Na, du bist jedenfalls ein ziemlicher Clown, das kann ich dir sagen. So wie du rumrennst, in diesem Aufzug, könntest du jederzeit im Zirkus arbeiten. Wahrscheinlich bist du nicht aus einem Heim ausgerissen, sondern man hat dich davongejagt, das glaube ich eher.«

Am Hauptbahnhof stiegen die drei Mädchen aus. Greta marschierte, ohne sich um die anderen zu kümmern, auf eine der Glastüren zu, die in die Bahnhofshalle führte. Als Luzi in dieser Halle stand, blieb sie stehen und ließ ihren Blick über die gewaltigen Ausmaße hinauf in die Höhe schweifen. »Mann, so ein riesiges Haus«, sagte sie zu Sandie. »Muß der Mann reich sein, dem es gehört!«

»Es gehört keinem Mann, es ist ein Bahnhof«, antwortete Sandie.

»Sogar Tauben flattern dort oben rum. Und ein Haufen Menschen hier drin!« staunte Luzi.

»Sie wollen alle verreisen oder kommen von einer Reise«, erklärte Sandie. »Die Schwarzhaarigen, die überall beisammen stehen, sind Gastarbeiter, und für die ist die Bahnhofshalle so was Ähnliches wie ein Wohnzimmer.«

»Müssen die stolz sein«, sagte Luzi, »wenn sie ihre Verwandten einladen, und die Leute staunen, daß sie so ein großes Wohnzimmer haben!«

Greta war weiter vorn an einem der zahlreichen Fahrkartenschalter stehengeblieben und schrie nun: »Kommt endlich her! Meint ihr, ich will alleine hier Schlange stehen und alles alleine machen? Ich bin doch nicht euer Reiseleiter!«

Sandie und Luzi gingen auf Greta zu, die ungeduldig mit der schwarz-rot karierten Trägertasche herumschlenkerte, in der sich ihr Reisegepäck und das Geld befanden.

»Es ist ein Wohnzimmer«, sagte Luzi zu ihr, in einem Tonfall, als hätte sie ihr etwas völlig Neues zu berichten. »Das da oben sind Tauben. Neun Stück. Sechs sind Weibchen, zwei noch sehr jung. Eins hat eine Gefiederkrankheit. Könnt ihr sehen, wie es sich plustert? Wenn ihr wollt, laß' ich sie anfliegen und im Gänsemarsch spazieren.«

»Oh, toll!« rief Sandie.

»Das wirst du nicht tun!« zischte Greta. »Willst du uns denn mit deinem Abrakadabra verraten? Vergiß nicht, daß wir illegal sind. Wir dürfen überhaupt in keiner Weise auffallen. Schon blöd genug, daß du mit so einer blöden Hose rumrennen mußt, nach der sich jeder umdreht.«

Greta war jetzt am Schalter angelangt. Durch das ovale Sprechfenster sagte sie zu dem Mann hinter der Scheibe:

»Dreimal für Kinder nach Ried im Allgäu.«

»Und zurück?« fragte der Schalterbeamte.

Greta nickte. »Natürlich«, sagte sie, »oder sehen wir wie Auswanderer aus?«

Mit der Ernsthaftigkeit des Beamten, der sich weder von kleinen Späßen ablenken noch durch Sticheleien aus der

Ruhe bringen läßt, stellte der Mann die Billetts aus, indem er kleine Kärtchen in einen grünen Automaten schob. Er legte diese Karten in die Metallschale unter dem Fenster und sagte: »Fünfundvierzigsechzig.«

Greta sagte eine Weile nichts. Sie starrte den Mann hinter der Scheibe mit wachsendem Unmut an. »Was?« rief sie schließlich. »Fünfundvierzigsechzig? Für die kurze Strecke so viel Geld? Sehen Sie denn nicht, daß wir Schüler sind? Zwei Kinder, gucken Sie sich die beiden Kleinen an, und eine Schülerin – geht das nicht billiger? Das ist doch regelrechte Ausbeutung...«

Weiter kam sie mit ihrer Tirade nicht – der Schalterbeamte hatte längst einem in der Nähe stehenden grauhaarigen Bahnpolizisten gewinkt, der an einem Zeitschriftenkiosk gestanden und sich die Illustriertentitel angesehen hatte, und dieser Mann trat jetzt an den Schalter heran. Er tippte an den schwarzglänzenden Schirm seiner Dienstmütze.

»Gibt's Ärger?« erkundigte er sich.

»Vielleicht halten Sie mir mal dieses verrückte Fräulein hier vom Hals«, sagte der Schalterbeamte, »damit ich mit meinem Betrieb weitermachen kann.«

Der Bahnpolizist sah Greta an, dann Sandie, dann Luzi und schließlich ausgiebig Luzis zu weite Blue Jeans und das Kabel, mit dem das Kleidungsstück um die Hüften geschnürt war. »Also worum geht's?« fragte er väterlich.

Greta erwiderte: »Sie sind zwar ein...«, Bulle, hatte sie sagen wollen, doch sie verkniff sich das Wort, »aber dieser Mann da drin will sich an uns armen Kindern bereichern und verlangt über fünfundvierzig Mark für drei kleine Fahrkarten, obwohl...«

»Nun, mein Kind, Fahrkarten sind nun mal sehr teuer«, erwiderte der Uniformierte, »und niemand in dieser Stadt weiß besser, was sie kosten, als dieser Herr dort hinter dem Schalterfenster. Wieviel Geld habt ihr denn dabei?«

Greta kramte alles Geld zusammen, und gemeinsam mit dem Bahnpolizisten stellte sie fest, daß es nur etwas über zwanzig Mark waren. Und Sandie hatte zusätzlich noch zwei Mark vierundneunzig in der Tasche.

»Das reicht nicht einmal für zwei von euch«, stellte der grauhaarige Polizist fest. »Haben eure Muttis euch denn nicht genügend Geld mitgegeben?«

Keins der Mädchen antwortete. Der Polizist merkte, wie Greta verräterisch an ihrer Unterlippe nagte, er begann plötzlich mißtrauisch zu werden. »Wissen etwa eure Eltern gar nichts davon, daß ihr verreisen wollt?« fragte er.

»Wir haben gar keine Eltern«, antwortete Sandie schüchtern.

Das Mißtrauen im Blick des Bahnbeamten schmolz zu tiefem Mitgefühl. »Keine Eltern?« fragte er. Sein Blick schwenkte von einer zur anderen, doch dann straffte sich sein Körper. »Und das soll ich glauben? Ihr seid drei Kinder ohne Eltern und wollt verreisen? Und was hast du für eine komische Hose an?« Er sah Luzi von oben bis unten forschend an. »Wer läßt dich denn mit so einer Hose herumrennen?«

»Ich«, antwortete Luzi. »Ich finde sie schön. Schöner als Ihre Hose, wenn ich auch das blanke Schild an Ihrem Gürtel gern hätte.«

»Na, du bist ulkig«, sagte der Uniformierte.

Inzwischen hatten sich mehrere Zuschauer eingefunden, angetrieben von Neugier, und ein zweiter, jüngerer Bahnpolizist hatte sich von der Plakatwand des Bahnhofskinos gelöst, wo er sich die Schaubilder eines Mickymaus-Filmes angesehen hatte.

Niemand hat ein feineres Gespür für Vorkommnisse, die nicht den Regeln von Ordnung und Recht entsprechen, als Polizisten, und auch dieser witterte Unrat und kam jetzt zu der kleinen Menschenansammlung hinzu.

»Was los?« fragte er seinen Kollegen.

»Drei Mädchen, die sich wohl unbeaufsichtigt hier herumtreiben.«

»Laß dir doch mal die Ausweise zeigen.«

»Die Ausweise«, sagte der grauhaarige Polizist. Er streckte seine rechte Hand aus und wiederholte: »Na wird's bald. Eure Ausweise!«

»Ausweise haben wir keine«, erwiderte Greta.

»Aha«, sagte der Beamte, schon halb triumphierend. »Und wo wohnt ihr? Wo wohnst du?« wandte er sich an Luzi.

»Ich wohne beim Wind zwischen Regen und Schnee, beim Gras und beim Moos, bei den Bäumen«, antwortete Luzi rasch, denn ihr Instinkt meldete ihr, daß sie auf keinen Fall das Ziel ihrer Reise und noch weniger den Ort ihrer Abreise verraten durfte. Der Polizist runzelte die Stirn und sagte zu seinem jüngeren Kollegen: »Na, wenn das nicht ein Fall für die Klapsmühle ist.«

»Würde mich nicht wundern, wenn sie dort ausgerissen wäre«, sagte dieser. »Am besten, wir nehmen sie mal mit, um ihre Personalien zu überprüfen.«

Greta hatte inzwischen erkannt, welche Gefahr sie durch ihre Auseinandersetzung mit dem Schalterbeamten heraufbeschworen hatte. Fieberhaft hatte sie nach einer Lösung gesucht. Nun stieß sie Luzi ihren Ellenbogen in die Rippen und raunte: »Mach was!«

»Was denn?« fragte Luzi.

»Irgendeinen Zauber! Irgend was mit Tauben. Na mach schon!«

»Wollen Sie mal ein Kunststück sehen?« fragte Luzi den älteren Polizisten.

»Ein Kunststück? Wir wollen kein Kunststück sehen, sondern eure Personalien. Egal, wo ihr ausgerissen seid, eins garantiere ich euch: ich werde...«

»Los, mach doch endlich!« drängte Greta.

Luzi sprang auf eine der messinggerahmten Steinbänke, die an den Wänden der Schalterhalle aufgestellt waren, stieß mehrere helle, schrille Pfiffe aus und gab mit den Fingern geheimnisvolle Zeichen. Hoch oben von der Deckenbrüstung flatterten Tauben auf, flogen weite Kreise durch die riesige Halle und setzten sich über Luzi auf dem Rahmen einer Reklametafel nieder. Ihre Köpfe ruckten aufgeregt. Ihre glänzenden Knopfäuglein fixierten das Mädchen. Es schien fast, als erwarteten sie weitere Befehle. Luzi gab neue Fingerzeichen und rief beschwörend: »Fliegt Wirbel und Kreise. Wir geh'n auf die Reise!«

Die Tauben flatterten los, umschwirrten die beiden Uniformierten, flogen dabei dicht an ihre Gesichter heran und erschreckten sie mit ihrem Flügelschlag, so daß sie irritiert in die Tiefe der Bahnhofshalle zurückwichen. In vollkommener Verblüffung beobachteten die Umstehenden dieses Ereignis. Sie erlebten etwas Ungeheuerliches mit, einen regelrechten Hexenstreich.

»Nichts wie weg!« zischte Greta.

Die drei Mädchen rannten aus dem Bahnhof und verschwanden im Menschengewühl einer Einkaufsstraße. Als sie unter den Kolonnaden eines Kaufhauses verschnauften, sagte Greta: »Das Problem ist jetzt, wie wir zu Luzis Schlucht kommen. Für die Eisenbahn reicht das Geld jedenfalls nicht. Wir könnten höchstens irgendwo hingehen und was klauen.« Luzi erwiderte darauf nichts, weil sie nicht genau wußte, ob Klauen etwas Schlimmes war. Sandie sagte: »Ich will nichts stehlen und überhaupt nichts Böses machen, weil ich's dem lieben Gott versprochen habe, damit er was gegen meine Krankheit tut.«

Greta musterte Sandie mit festem Blick. »Das ist ein Argument«, stellte sie fest. »Also müssen wir uns was anderes überlegen. Kennt jemand von euch Leute hier in der Stadt, die man anpumpen kann?«

Sandie schüttelte bedauernd den Kopf. Luzi antwortete:

»Eine ganze Menge. Erst die Polizisten, die mich ins Heim geschickt haben.«

»Bist du wahnsinnig?« zischte Greta empört. »Was Dümmeres fällt dir wohl nicht ein! Wenn du dorthin gehst, landest du eine Stunde später wieder auf Zimmer siebzehn!«

»Sonst kenne ich nur noch diese Frau, die mich aus der Schlucht geholt hat. Sie heißt Veronika Ziegler.«

»Und wie ist die auf dich zu sprechen? Hast du ihr schon mal einen Streich gespielt? Ihr eine Fensterscheibe eingeschlagen oder sonstwas?«

»Nein.«

»Sie mag dich also?«

»Ich denke schon.«

»Soweit man dich mögen kann in deiner komischen Hose, was? Jedenfalls, wir gehen jetzt und suchen ein Telefonbuch und sehen mal nach, welche Nummer sie hat.«

Die Mädchen zwängten sich auf dem regennassen Gehsteig zwischen vielen Menschen hindurch, bis sie auf vier gelbe Telefonhäuschen stießen, von denen eins leer war. In dieser Zelle verschwand Greta und ließ wenig später ihren Zeigefinger in der Wählscheibe kreisen. Man sah sie eine Weile sprechen. Dann stieß sie die Tür auf und rief Luzi zu: »Komm rein, sie will mit dir reden!«

»Wo rein?« fragte Luzi.

»Na hier rein, in die Zelle!«

»Ich seh' sie nicht. Kommt sie denn herbeigezaubert?«

»Ja, sie kommt herbeigezaubert. Aber nur ihre Stimme kommt herbeigezaubert, du Doofkopp. Ihre Stimme kommt in dieses gebogene schwarze Ding hineingezaubert. Also komm schon!«

Etwas ängstlich betrat Luzi das Telefonhäuschen und

nahm den Hörer aus Gretas Hand entgegen. Greta preßte ihr die Hörmuschel ans Ohr und zischte sie an: »Los, sag was!«

»Was soll ich denn sagen?« fragte Luzi. »Aus dem Ding an ihrem Ohr vernahm sie einen Schwall von Lauten, von denen sich nur wenige zu einem Wort formten.

»Hörst du ihre Stimme?« fragte Greta.

»Es ist nicht ihre Stimme. Es bellt wie ein kleiner Hund.«

»Ein Hund?« schrie Greta wütend. »Es ist deine Veronika Ziegler.« Sie riß Luzi den Hörer aus der Hand und sprach selbst mit der Frau am anderen Ende der Leitung. »Nein, sie kann nicht telefonieren«, sagte sie, »sie dachte, es wäre ein Hund in der Leitung. Sie haben es ja selbst gehört. Vielleicht kommen Sie mal hierher in die Schützenstraße hinter dem Kaufhaus Hertie, damit wir Ihnen die Schwierigkeiten schildern können, in denen wir bis zum Hals stekken. Gehen Sie aber bloß nicht zur Polizei und bringen Sie auch sonst niemanden mit!«

Sie fügte noch hinzu: »Wir halten Ihnen hier draußen einen Parkplatz frei. Da fährt gerade ein Auto weg. Also klar? Kommen Sie gleich? Gut.«

»Sie kommt«, sagte Greta, als sie aus dem Häuschen trat. »Ich reserviere ihr diesen Parkplatz hier.«

Entlang dem Gehsteig war eine lange Reihe Parkuhren aufgestellt. Einer der Parkplätze war unbesetzt, was ein gehöriges Wunder war, denn wohin man sonst blickte, stand alles voll von parkenden Autos.

Greta war bis an die weiße Stirnmarkierung des Parkabschnitts getreten und geriet jetzt mit dem Fahrer eines hellblauen Wagens in Streit. Sandie und Luzi sahen zu, wie die beiden sich in die Wolle gerieten. Der Fahrer des Wagens, ein Mann von etwa fünfzig Jahren mit schwarzem Kräuselhaar und feistem Gesicht, gierte so sehnsüchtig nach dem Parkplatz wie ein ausgehungerter Hund nach einem Knochen, den man ihm vorhält.

»Tut mir leid, der Platz ist besetzt«, winkte Greta ab.

»Mach, daß du wegkommst!« schrie der Mann. »Meinst du, ich hätte Zeit, mich eine halbe Stunde lang mit dir herumzustreiten? Wenn du nicht sofort verschwindest, fahre ich dich um!«

»Tun Sie's doch«, erwiderte Greta ungerührt.

Luzi und Sandie bangten um den Ausgang der Auseinandersetzung. Ob der Mann Greta wirklich umfahren würde?

»Ich wette, er tut's nicht«, sagte Sandie. »Greta weiß genau, was nach dem Gesetz erlaubt ist und was nicht. Auf keinen Fall darf er sie umfahren.«

»Und sie darf da stehen und ihn nicht mit seinem Blechkasten auf den Platz lassen?« fragte Luzi.

Sandie zuckte die Achseln. »Kann sein, daß sie ihn nur ärgern will. Das tut sie oft. Es macht ihr Spaß.«

Inzwischen waren einige Fußgänger stehengeblieben, um dem Zank um den Parkplatz zuzuschauen. Ihrem Gerede konnte man entnehmen, daß sie Greta unrecht gaben. Als der Mann jedoch sein hellblaues Fahrzeug in Gang setzte und langsam auf Greta zurollen ließ, bis die chromblinkende Stoßstange ihre Knie berührte, schwenkten die Leute um, hielten den Mann für böse und stellten sich auf Gretas Seite. Sie riefen dem Fahrer Drohworte zu, und jeder zweite griff in die Tasche und zückte Papier und Bleistift, um die Autonummer aufzuschreiben.

Greta eröffnete ein weiteres Wortgefecht: »Sie können

Ihre Protzkiste abmelden, wenn erstmal eine neue Regierung...!«

Aber der massige Mann hatte offensichtlich wenig Zeit, oder er schien abgewogen zu haben, ob es überhaupt sinnvoll war, sich auf eine längere Auseinandersetzung einzulassen: denn plötzlich stieß er zurück und ordnete sich in den fließenden Verkehr ein.

Es dauerte aber keine dreißig Sekunden, bis ein roter Volkswagen in die Parklücke einzubiegen versuchte. Eine mollige Frau mit einem Einkaufsnetz in der Hand stieg aus, während der Fahrer Greta zulächelte und in liebenswürdiger Weise zu erkennen gab, daß sie den Parkplatz freimachen solle. Er drehte das Seitenfenster herunter und lächelte ihr gütig zu, als wollte er sagen: Recht so, Mädchen, doch nun hat der nette Spaß ein Ende.

Nie hatte Luzi ein gewinnenderes Lächeln auf dem Gesicht eines Menschen gesehen. Um so verdutzter war sie, als aus diesem Lächeln von einer Sekunde zur anderen eine Grimasse wurde und der Mann schrie: »Verschwinde hier, du kleines Biest! Mach, daß du wegkommst! Dir dummem Gör werde ich gerade noch diesen Parkplatz überlassen! Hau ab, sonst mach ich dir Beine! Einem Erwachsenen einen Parkplatz stehlen! Uns Erwachsenen, die euch freche Dinger ernähren und großziehen. Wenn du nicht sofort verschwindest, prügel ich dich windelweich!«

»Dürfen Sie gar nicht«, erwiderte Greta ruhig.

»Darf ich nicht?« brüllte der Mann. »So? Darf ich nicht? Na, das werden wir ja sehen!« Er sprang aus seinem Fahrzeug und baute sich wie ein Hüne vor Greta auf, aber er war nicht viel größer als sie und wippte deshalb auf den Zehenspitzen. Er sah wirklich zornig aus. Die Frau mit der

Einkaufstasche versuchte, Greta wegzuschubsen. Doch die protestierte jetzt energischer: »Rühren Sie mich nicht an! Wenn Sie mir auch nur ein Haar krümmen...!«

»Lassen Sie doch das Kind in Frieden!« tönte es aus der Menschentraube, die sich angesammelt hatte. »Wahrscheinlich hat sein Vater es beauftragt, ihm den Platz freizuhalten. Es hat genauso ein Anrecht auf einen Parkplatz wie Sie.«

Luzi kam zu der Erkenntnis, daß ein Autoparkplatz zu den größten Kostbarkeiten gehörte, die es für die Menschen in der Stadt gab.

Zwei Polizisten mit weißen Dienstmützen erschienen und erklärten, es sei nicht zulässig, daß ein Mensch ohne Auto einen Parkplatz für sich beansprucht. Jetzt, da sie aus dem Mund der Gesetzeshüter erfahren hatten, wer im Recht und wer im Unrecht war, schienen sämtliche Zuschauer zufrieden, und sie zerstreuten sich rasch. Der kleine Mann stieg mit dem Ausdruck höchster Genugtuung in seinen Volkswagen und lenkte ihn in die Lücke.

»Ihr habt also diesen ganzen Zauber verursacht?« wandte sich der stämmigere der beiden Polizisten an Luzi.

Luzi zuckte die Achseln.

»Und wo seid ihr her?« wollte der Uniformierte von ihnen wissen.

»Ausgerissen.«

»Alle drei?«

Luzi nickte stolz.

»Ihr seid also ausgerissen«, wiederholte der Polizist unnötigerweise und auch etwas ratlos. »Von wo denn?«

»Ich aus meiner Schlucht. Die hier«, Luzi deutete auf Sandie, die ziemlich eingeschüchtert neben ihr auf dem

Bordstein saß, »ach, das versteht ihr nicht. Sie ist vor was ganz Schlimmem davongelaufen. Und die Lange da ist aus einem Kinderheim ausgerissen.«

»Aha«, sagte der Polizist. Sein Kollege war zehn Meter weitergegangen, um Strafzettel hinter die Wischerblätter an den Windschutzscheiben falsch parkender Autos zu hängen. Während er schrieb, kamen Leute und fragten ihn nach Straßen, und er antwortete ihnen. Auch zu dem Polizisten, der mit Luzi redete, kamen Leute und fragten ihn nach Straßen. Der Beamte gab Auskunft, tippte mit dem Kugelschreiber an den schwarzglänzenden Schirm seiner steifen weißen Mütze und murmelte zerstreut: »Also ausgerissen«, während er offenbar an etwas völlig anderes dachte.

Nicht weit entfernt fuhr ein Auto krachend auf ein anderes auf, sogleich geriet der Strom der fahrenden Autos und ebenso der Strom hastender Menschen ins Stocken. Kein noch so erhabenes Wunder hätte die Aufmerksamkeit der Menschen mehr fesseln können als dieser verhältnismäßig harmlose Unfall.

Mit größter Neugier beobachteten die Umstehenden, wie die Fahrer der beiden Fahrzeuge ausstiegen und die zerbeulten Stoßstangen, die Glassplitter eines geborstenen Scheinwerfers und eine Beule in einem Kotflügel betrachteten.

Die beiden Polizisten wurden sofort in den Rang allerhöchster Persönlichkeiten erhoben. Genüßlich näherten sie sich den beiden Autos, schüttelten sanft tadelnd den Kopf und blickten dabei den Fahrer an, der mit seinem Auto von hinten aufgefahren war, der also schuld hatte. Der kräftigere der beiden Uniformierten gab dem anderen den Auftrag, die Menschenmenge und die stockenden Fahrzeuge wieder in Bewegung zu bringen.

Als Luzi in diesem Augenblick aufsah, stand plötzlich Veronika Ziegler vor ihr. Die blonde junge Frau, die ein Kopftuch und einen sandfarbenen Regenmantel trug, schloß Luzi in die Arme und vergrub ihre Hände in ihrem regenfeuchten Haar. »Luzi, mein Engel«, stammelte sie, »wie schön, dich wiederzusehen!«

Luzi nickte zur Begrüßung. »Tut Ihnen was weh?« erkundigte sie sich.

»Aber nein, wieso denn?«

»Weil Sie schon wieder weinen.«

»Ach, mein Kind, ich freue mich nur so, dich wiederzusehen. Ich hatte solche Sehnsucht nach dir. Diese Freude geht fast über meine Kräfte.«

»Ach so«, entgegnete Luzi, die diese Begründung nicht ganz verstand.

»Wo ist denn das Mädchen, das angerufen hat?« fragte Veronika.

»Es sind zwei«, antwortete Luzi. Sie pfiff Greta und Sandie zu und winkte sie herbei.

Die beiden Mädchen streckten Veronika Ziegler die Hand entgegen und stellten sich vor. Die beiden Polizisten waren vom Strom des Verkehrs verschlungen worden.

Die Flucht aus dem Mädchenheim

Veronika führte die drei Mädchen über die Fahrbahn, durch eine Schaufensterpassage und in die kühlen Betongrüfte eines Parkhauses, in dem ihr Wagen stand. Während sie die Türen öffnete und alle einstiegen, erkundigte sie sich: »Und ihr seid tatsächlich ausgerissen?«

»Es war nichts weiter dran, als daß wir durch eine Tür marschiert und über eine Mauer gestiegen sind«, antwortete Luzi.

»Luzi«, erwiderte Veronika in strengem Ton, »erst wenn man achtzehn Jahre alt ist, darf man in völliger Freiheit über sich selbst entscheiden.«

»Und wie alt bin ich?« fragte Luzi.

»Du wirst wohl so alt sein wie deine beiden Freundinnen hier. Zwölf oder dreizehn.«

»Wär's nicht möglich, daß ich schon achtzehn bin?«

»Nein, ganz ausgeschlossen.«

»Woher wollen Sie das wissen?«

»Das sieht man dir an, an deinem Gesicht und an deinen Händen.«

»Trotzdem«, entgegnete Luzi, »ich finde diese Stadt abscheulich und habe Sehnsucht nach meiner Schlucht. Wo man hinguckt, zanken sich die Menschen.«

Veronika Ziegler lenkte den Wagen aus dem Parkhaus ins Tageslicht und ordnete ihn in den lärmenden Verkehr ein. Sie stellte die Scheibenwischer an, die feine Regentropfen zerquetschten und zur Seite schoben.

»Ihr seid aus dem Heim geflüchtet und geltet als vermißt«, sagte sie. »Die Polizei wird euch suchen und...«

»Die Polizei, das sind Freunde von mir«, widersprach Luzi, »außer den beiden im Bahnhof.«

»Es gibt Tausende von Polizisten, Kind. Und sie führen ihren Auftrag aus, selbst wenn sie deine besten Freunde sind. Und der Auftrag lautet, daß ihr aufgegriffen werdet und ins Heim zurück müßt.«

»Na, das ist wirklich dumm«, murmelte Luzi. Man sah ihr an, wie sie grübelte, die Stirn legte sich in Falten, zwei steile Furchen bildeten sich an der Nasenwurzel. »Wie soll ich's nur machen?« fuhr sie fort. »Mein Vater wird alles in Unordnung haben. Ich muß aufräumen und seine Wäsche waschen. Ich muß auch nach den Tieren sehen. Und es wird Vollmond, und meine Mutter kommt in den Wald, um zu singen und mit mir zu reden.« Sie machte eine Pause und stellte sich vor, wie die Schlucht wohl zur Zeit aussehen und was darin alles in Unordnung geraten sein mochte. »Jetzt habe ich die Stadt ja kennengelernt«, fügte sie hinzu. »Am besten, ich gehe allein in meine Schlucht zurück.«

Sie wandte den Kopf und sagte über die Schulter zu Greta, die hinten saß: »Könntest du mir 'ne Mark geben von dem Geld, das ihr gesammelt habt, für den Fall, daß ich Hunger kriege? Es ist in dieser Jahreszeit nicht leicht, auf den Feldern was Eßbares zu finden.«

»Na klar«, antwortete Greta, »du kriegst natürlich alles, was wir haben.« Kameradschaftlich packte sie Luzi den Beutel mit dem Hartgeld und den Scheinen auf den Schoß.

»Halten Sie mal an?« fragte Luzi die Frau. Gleichzeitig begann sie an der Tür herumzufummeln, in der Hoffnung, den geheimnisvollen Auslöser zu finden, der die Tür öffnete.

»Nein, Luzi, so geht es nicht«, sagte Veronika bestimmt. »Ich kann dich nicht gehen lassen. Das ist so unmöglich wie nur irgend etwas. Aber ich bringe es ebensowenig übers Herz, dich an die Polizei auszuliefern.«

»Das finde ich auch«, meldete Greta sich mit wachsender Hoffnung. »Sie bringen es bestimmt nicht fertig, sie der Polizei auszuliefern.«

Eine Weile sprach niemand im Wagen. Dann murmelte Veronika vor sich hin: »Wenn es nur eine Lösung gäbe«, wie wenn sie zu jemanden spräche, der in ihrem Innern saß. Als später die Fahrbahn mehrspurig wurde und die Häuser zu beiden Seiten zurückwichen, fuhr sie fort: »Ich werde es ganz einfach auf meinen Schultern tragen müssen, ganz gleich, wie es ausgeht. Und wenn sie mich dafür ins Gefängnis stecken. Luzi, ich bringe dich dorthin zurück, wo ich dich hergeholt habe, und ich werde auch deine Schlucht niemandem verraten.«

»Prima«, meldete Greta sich von hinten. »Und machen Sie sich wegen dem Gefängnis keine Sorgen. Sie werden sofort befreit, wenn eine neue Regierung ans Ruder kommt oder wenn das Land von Feinden besetzt wird.«

»Ein schwacher Trost, Greta«, wehrte Veronika halb bekümmert, halb belustigt ab. »Aber ich habe mich entschlossen. Ich werde Luzi in die Schlucht zurückbringen und euch beide in euer Heim.« Sandie schüttelte sofort und so nachdrücklich den Kopf, daß ihre dunklen Haare hin- und herflogen. »Wo Luzi hingeht, gehe ich auch hin«, sagte sie. »Ich will in ihre Schlucht. Ich will zu dem Bach, der die Krankheit rausspült, und zu dem Wind, der sie rausbläst.«

»Was willst du?« fragte die Frau verdutzt.

»Sie haben richtig gehört«, sagte Greta, »sie ist krank, sehr krank. Es ist eine Krankheit, die nur in der freien Natur geheilt werden kann, wo alles sauber und rein ist und wo nicht die Luft voller Gift ist, an dem die Krankheit sich vollfressen kann.«

Luzi fügte hinzu: »Wenn sie aus der Quelle trinkt, wird das gesunde Wasser die Krankheit vielleicht hinausspülen.«

»Außerdem bin ich dann erst mal weg von hier«, sagte Sandie. »Wenn der Tod nicht weiß, wo ich bin, muß er mich erst mal suchen. Kann sein, daß er mir auf die Spur kommt, aber in der Schlucht gibt es hoffentlich Verstecke genug.«

Luzi nickte bekräftigend. Der Gedanke, daß man dem Tod davonlaufen könnte, gefiel ihr.

»Wenn Sie schon was auf Ihre Kappe nehmen, dann doch gleich richtig«, schlug Greta vor. »Dran sind Sie ja dann sowieso. Mit Gefängnis und so. Aber man darf Sie nicht foltern, das weiß ich genau. Sie haben Anspruch auf einen Rechtsanwalt und können die Aussage verweigern. Ohne Urteil darf man Sie sowieso nicht einsperren. Wenn Sie vor Gericht 'n bißchen flunkern, läßt man Sie womöglich sogar laufen. Die Gefängnisse sind im Winter alle voll. Da drücken sie gerne ein Auge zu.«

»Ach, Mädchen, so einfach ist es nicht«, seufzte Veronika, die nun in ernste Gewissenskonflikte geriet. Doch als ihr Greta die Symptome von Sandies rätselhafter Krankheit schilderte und sie sah, wie sehr die Mädchen um ihre Freundin besorgt waren, schob sie alle Bedenken beiseite und lenkte den Wagen aus der Stadt heraus und südwärts dem Gebirge zu.

Der vom langen Regen feuchte Waldboden im Rieder Forst strömte würzig-herben Geruch aus. In den Lichtungen stand der Herbstnebel, dahinter war die Sonne zu ahnen, eine mattgelbe Scheibe, und bis auf einen einsamen Häher, der seinen Warnruf hören ließ, war alles still. Schweren Herzens nahm Veronika von den Kindern Abschied. Immer wieder während der langen Autofahrt hatte sie sich gefragt, ob ihre Entscheidung richtig gewesen war, und jedesmal war sie zu der Überzeugung gelangt, daß sie so und nicht anders handeln mußte. Es mußte versucht werden, die kleine Sandie zu retten. Und weil die Kranke selbst offenbar fest daran glaubte, daß sie dort Heilung finden werde, mußten die drei Mädchen für einige Zeit zusammen in Luzis Schlucht leben. Und Luzi hatte ihr versichert, daß sie dort mit allem Notwendigen versehen seien und daß der Herbst noch in jedem Jahr einige schöne und warme Wochen gebracht habe und sie auch diesmal nicht enttäuschen werde. Sie spüre es schon, daß gutes Wetter in der Luft liege.

Nach dem Abschied, der kurz und für ihr Gefühl reichlich spröde war, stieg Veronika eilig in ihr Auto, wendete es und entschwand über den buckligen, von Wurzeln durchzogenen Waldweg den Blicken der Kinder. Luzi erklärte, sie könne die Schlucht im Schlaf finden und brauche nur der Nase nach zu gehen.

Der Wald füllte sich mit Dunkelheit, leichter Regen fiel. Die Mädchen gingen jetzt im Gänsemarsch, weil der Pfad immer enger wurde, Sandie hatten sie in die Mitte genommen, Greta ging am Schluß der kleinen Kolonne. Ihre Gedanken scheuten vor der Zukunft zurück, die ihr jetzt am Abend finster und unheilvoll und voller Gespenster erschien, und flüchteten in die behagliche Geborgenheit des Mädchenheims St. Pankraz. Es ist doch gar kein so schlechtes Heim, dachte sie. Laut fuhr sie fort: »Jetzt beten sie gerade. Die Oberschwester klatscht in die Hände, und alle setzen sich.«

»Du hast Heimweh«, sagte Luzi von vorn. »Aber mach dir keine Sorgen. Wir gehen bald mal wieder hin und machen Spaß dort. Und wir statten dem Gespenst einen Besuch ab. Vielleicht können wir es erwischen und in eine große Schachtel sperren.«

»Und werden es dann auf Jahrmärkten rumzeigen«, fügte Sandie hinzu.

Als Luzi den Felseinschnitt erreichte, hinter dem ihre Schlucht sich weitete, empfand sie ein tiefes Glücksgefühl. Sie roch den Regen, das Moos an den Felsen, den Farn am Bach und das klare, eisenhaltige Wasser des Bergquells.

Trotz der Dunkelheit erkannte sie sofort, daß ihr Vater nicht da war. Der Vorhang vor dem Zugang zum Zelt klatschte im leichten Wind träge gegen die Plane. Nachdem sie über die Wiese gestapft waren, kroch Luzi in die Behausung und zündete eine Kerze an; sie warf ihr flackerndes Licht über die Matratze und die Kartonregale, die ihr zur Aufbewahrung ihrer Habseligkeiten dienten.

»Na, wie gefällt's euch?« erkundigte sie sich stolz.

Greta schien nicht sonderlich begeistert zu sein. Sie fror, ihre Kleider waren feucht und ließen jetzt, wo die Bewegung des langen Marsches aufgehört hatte, die Kälte eindringen.

Sandie aber blickte verwundert und mit großen, bernsteinfarbenen Augen um sich.

»Na, wartet«, sagte Luzi, »ich mache erst mal den Ofen an, damit es schön warm und gemütlich wird.«

Minuten später glühte das schwarze Blech des Kanonenofens, der bald angenehme Wärme ausstrahlte. Luzi verschwand in dem engen Stollen, der in den hinteren Teil der Unterkunft führte, und kam wenig später mit zwei Papierbogen wieder, die mit Kugelschreiber bemalt waren. »Mein Vater hat mir einen Brief dagelassen«, erklärte sie.

Auf den Papieren waren merkwürdige Figuren, Kreise, Schnörkel und runenartige Zeichen zu sehen. Im Schein der Kerze legte Luzi die Bogen auf die rohen Bretterdielen, die den Fußboden bildeten, und kniete davor nieder.

»Er kam von einer Reise in die Gegend der Welt, wo die Berge am höchsten sind«, las sie. »Von dieser Reise hat er drei Pakete Salz, vier Dosen Bohnerwachs und zwölf Tuben Autoschaumbad mitgebracht. In diesem Gebirge hat er weiße Elefanten, einen Schneeriesen und fliegende Hunde gesehen. Er schreibt, daß er sich gewundert hat, weil ich nicht da war, und er meint, ich wäre weiter oben in den Bergen, um noch Kräuter für den Winter zu sammeln. Er wird noch längere Zeit wegbleiben und erst Weihnachten wiederkommen. Und er hat mir viel Geld mitgebracht. Es liegt unter der Matratze.«

Während Luzi sich erhob, um das Geld zu holen, erkundigte sich Sandie erstaunt: »Und das kannst du alles lesen?«

»Er hat es mir beigebracht«, antwortete Luzi. »Wir schreiben uns immer Briefe.«

Unter dem Mittelteil der Matratze entdeckte Luzi ein in Zeitungen gewickeltes Päckchen. Als sie es öffnete, fand sie darin ein kleines Säckchen mit Biermünzen und ein dünnes Bündel mit Prospekten für die Kaffeekränzchenveranstaltung eines Staubsaugervertreters. Diese Prospekte sahen auf der Oberseite aus wie Hundertmarkscheine. Auf der Unterseite war der Werbetext mit Ort und Zeit der Veranstaltung gedruckt sowie der Hinweis, daß jeder Käufer einen Hundertmarkschein sparen könne, wenn er diesen Staubsauger erwerbe.

»So viel Geld«, staunte Luzi andächtig. Ihr Blick füllte sich mit Glanz, als sie die vermeintlichen Geldscheine betrachtete.

»Hältst du das wirklich für Geld?« fragte Greta. »Soll ich dir sagen, was es ist? Es sind wertlose Reklamezettel, und dies sind ebenso wertlose Biermünzen.«

»Was für Münzen?«

»Biermünzen.«

»Woher willst du wissen, daß sie wertlos sind? Hast du schon mal versucht, mit ihnen einzukaufen? Und mit diesen Scheinen?«

»Das nicht, aber...«

»Dann kannst du auch nicht wissen, ob es Geld ist oder nicht, wenn du es nicht mal ausprobiert hast.«

»Ausprobiert habe ich's allerdings noch nicht, aber...«

»Vielleicht sind es chinesische Biermünzen und Russengeld, das du überhaupt nicht kennst. Mein Vater hat's nicht von um die Ecke mitgebracht, sondern er war ja dort, wo die Hunde in der Luft rumfliegen. Das muß schon sehr weit von hier sein.« Sie packte das Geld behutsam zusammen und schob es wieder unter die Matratze. »Das spare ich für den Tag, an dem ich heirate«, sagte sie. »Und wenn mein Vater jetzt mal kein Geld hat, kann ich ihm immer eine Freude machen und ihm was geben. Das reicht bestimmt für viele Jahre.«

Sandie und Greta schliefen in dieser Nacht auf der Matratze, Luzi im Stollen auf dem Platz ihres Vaters. Schon im ersten Schein des Morgens, als die beiden andern noch im tiefen Schlaf lagen, trat Luzi ins Freie, um für ihre Gefährtinnen etwas zu essen zu besorgen.

Sie blieb drei ganze Stunden weg und kam dann ziemlich erschöpft, aber wohlgemut wieder. In einer Hand hielt sie ein Tragenetz, das sechs frisch gefangene Forellen enthielt, in der anderen eine große Konservendose, die sie mit Pilzen und Brombeeren gefüllt hatte.

Sandie stand angezogen vor der Behausung und blickte verwundert um sich. »Guten Morgen«, sagte sie.

»Gefällt dir meine Schlucht?« fragte Luzi. »Du wirst erst Augen machen, wenn die Sonne über die Felszacken dort oben kommt. Es wird ein schöner Tag werden.«

»Warst du lange weg?« erkundigte sich Sandie. »Wir haben dich nicht weggehen hören.«

»Nicht lange. Das Fischefangen hat etwas länger gedauert als sonst, weil ich aus der Übung bin. Aber noch schwerer ist es im Winter, wenn die Hände klamm werden, sobald man sie ins Wasser hält. Die Fische schlüpfen einem dann leicht durch die Finger. Ich hab' einen halben Tag drüben am Bach gestanden, bis ich meinem Vater den ersten Fisch bringen konnte. Er braucht was Ordentliches zu essen, wenn er von seinen weiten Reisen heimkehrt. Ich selber kann mich auch von Kiefernrinde und Wurzeln, von Kräutern und Pilzen ernähren, zumindest eine Zeitlang.«

Auch Greta erschien im Eingang und trat auf die Wiese hinaus. Das noch saftige Herbstgras war naß von Regen und Tau. Hinter dem dunklen Lärchenwald ragte die Felswand steil empor. Drüben schimmerten Eis- und Schneeflächen zwischen den Felsgipfeln. Auf der anderen Seite flachte die Wand in mäßiger Höhe ab und ging in sanftere Hügel über. Sträucher, dichtes Gebüsch und hohe Brennesseln begleiteten den Bachlauf.

»Da drüben ist der Wald«, erklärte Luzi, »wo meine Mutter bei Vollmond hinkommt und singt. Und unten«, ihr rechter Stiefel stampfte auf den Wiesenboden, »liegen viele Edelsteine, Gold und Silber. Mein Vater sagt, ich soll es unten lassen, solange ich es nicht brauche. Erst wenn ich heirate oder mal krank bin und Geld brauche, soll ich zu graben anfangen und so viel heraufholen, wie ich brauche.«

Das Frühstück, das sie bereitete, war ein kleines Meisterwerk. Sie hielt sich bei der Zubereitung wenig an die Richtlinien europäischer Küche, sondern briet die sechs Forellen mit etwas Öl in einem großen Topf. Als sie fast fertig waren, gab sie Pilze, Brombeeren und die verschiedensten Kräuter dazu, verschloß den Topf mit dem Deckel und ließ das Ganze eine Zeitlang schmoren. Dann servierte sie auf weißen Porzellantellern. Dazu legte sie drei flache Eiskratzer aus rotem Plastik, wie man sie für Autowindschutzscheiben im Winter benutzt. Auf diesen Eiskratzern stand die Adresse eines Reifengroßhandels in Frankfurt.

»Für was sind diese Dinger?« erkundigte sich Greta.

»Du kannst auch mit den Fingern essen, wenn dir das Essen nicht zu heiß ist«, antwortete Luzi, »es geht bei mir nicht so streng zu wie im Heim.«

»Ach so«, sagte Greta verständnisvoll.

Es schmeckte allen wunderbar. Jeder aß zwei Forellen, auch Sandie, und alle aßen ohne Besteck und leckten sich die Finger hinterher gründlich ab.

Mittags waren die letzten Wolken verschwunden. Der Himmel war tiefblau, die Wiese sattgrün. Obwohl es Ende Oktober war, staute sich die Wärme zwischen den Felsen, und bald war es geradezu heiß. Mit der Wärme kamen die alten Freunde des Sommers, Falter, Bienen und Hummeln, Käfer und Spinnen, und erfüllten die Wiese mit ihrem Leben und Treiben. Das Reh erschien an den Himbeerstauden am Waldrand und sah erwartungsvoll zu Luzi herüber. Das Mädchen schnickte mit den Fingern und rief: »Na komm schon!« Sofort löste sich das schmale Tier vom Waldrand und sprang auf seinen drei Beinen auf Luzi zu. Es begrüßte das Mädchen, beschnupperte Greta und Sandie neugierig und stelzte von dannen, sichtlich befriedigt, in der Schlucht nicht mehr allein zu sein.

Die drei Mädchen lagen im Gras in der Sonne und unterhielten sich. Greta sagte: »Wenn ich mir vorstelle, daß die anderen jetzt in der Heimschule sitzen, dann muß ich sagen, daß wir es hier ganz gut getroffen haben. Das Gesetz sollte dafür sorgen, daß alle Menschen so unbelastet leben können. Warum soll man sich nicht ins Gras legen dürfen, wenn man Lust dazu hat? Die Luft ist hier anders als bei uns, irgendwie dicker, obwohl die Gegend höher liegt und die Luft eigentlich dünner sein müßte. Sie ist hier eben dick mit Sauerstoff vollgepumpt. Was man hier riecht, ist der reinste Sauerstoff.«

»Ich finde, es riecht nicht so sauer«, erwiderte Luzi vorwurfsvoll.

»Sauerstoff riecht nicht sauer, er heißt nur so«, erläuterte Greta. »Sauerstoff ist noch gesünder als Spinat oder Rhabarber. Er ist überhaupt das Gesündeste. Gerade für Sandie ist das sehr wichtig. Atme nur richtig durch, Sandie, das wird deinen Lungen guttun.« Sandies Brust hob und senkte sich in tiefen Atemzügen.

»Du mußt tiefer atmen, bis in den Bauch!« forderte Greta. »Du mußt dein Fieber richtig rausatmen!«

»Laß nur, es geht ganz von selbst weg, Sandie«, mischte Luzi sich ein. »Beachte die Krankheit so wenig wie möglich, so wie es die Tiere auch tun. Laß die Sonne auf die Krankheit scheinen und den Wind darauf blasen.«

Durch das Luftpumpen begann Sandie zu schwitzen. Sie erlitt einen Schwächeanfall, der etwa eine Minute dauerte. Hinterher sah sie blaß und erschöpft aus. »Es wird schlimmer«, sagte sie.

»Haben sie dir denn gesagt, daß du stirbst?« fragte Luzi rücksichtslos.

»Sie wollten es nicht, aber ich habe es herausgekriegt. Ich weiß nicht, weshalb die Ärzte im Krankenhaus es mir verschweigen wollten. Mir ist es viel lieber, daß ich es weiß.«

»Hast du keine Angst vor dem Tod,« fragte Greta.

»Nur manchmal. Manchmal bin ich sogar neugierig, was danach kommt.«

»Ich auch«, sagte Greta. Sie lag lang ausgestreckt auf dem Rücken im Gras und spielte mit einem abgerissenen Halm, auf dem eine rote Waldameise der Spitze zustrebte. Wenn die Ameise glücklich oben angelangt war, hielt Greta den Halm andersherum, und das Insekt begann erneut mit dem Aufstieg. »Es interessiert mich schon lange, was nach dem Tod kommt«, fuhr Greta fort. »Meiner Ansicht nach geht man in etwas Dunkles hinein, wie durch ein Tor in die Finsternis. Aber was danach kommt, weiß kein Mensch.«

»Viele Tote haben ein zufriedenes Gesicht«, sagte Sandie. »Ich habe im Krankenhaus ein paar gesehen. Sie sehen im Sterben etwas, was sie zufrieden macht, aber was das ist, weiß man eben nicht.«

»Vielleicht ein schönes Land«, sinnierte Greta.

»Irgend etwas Verlockendes muß es sein«, sagte Sandie. Nach einer Weile fragte Greta: »Was gibt's heute mittag? So langsam kriege ich wieder Appetit.«

Luzi stand auf und ging um die Behausung und das Erlendickicht herum zu den Beeten, die ziemlich verwildert waren. Ein paar Kohlrabi waren noch zu gebrauchen, Luzi brach sie mit den Händen heraus. »Was wollt ihr lieber, Fisch oder Fleisch?« rief sie nach vorn.

Als sie zurückkam, fragte Sandie: »Wo willst du denn Fleisch herkriegen?«

»Ich kann einen Hasen schießen, zum Beispiel«, antwortete Luzi.

»Anlocken und töten?« fragte Greta.

»Nein. Ich würde niemals ein Tier anlocken, um es dann umzubringen.«

»Aber wie willst du es schießen?« erkundigte sich Sandie.

»Ich lauere dem Tier auf, erlege es mit einem Stein.«

»Einen Hasen mit einem Stein?«

»Natürlich. Man muß nur genau treffen. Und mit dem ersten Wurf.«

»Ich möchte nicht zusehen, wie ein Tier auf diese Weise getötet wird«, sagte Sandie. »Ich hätte zuviel Mitleid mit ihm.«

»Das ist ganz falsch«, erwiderte Luzi eifrig. »Stell dir nur vor, sämtliche Adler, Wölfe, Wiesel oder Hechte oder andere Raubtiere hätten Mitleid mit ihrer Beute? Was käme heraus? Es gäbe bald überhaupt keine Tiere mehr auf der

Welt. Wovon ernähren wir uns denn? Nur von anderen Lebewesen. Sind etwa Pflanzen keine Lebewesen? Ganz gewiß sind sie das. Nur daß sie sich nicht wehren können. Nicht einmal weglaufen können sie. Da hat es der Hase viel besser als der Kohl, den er frißt!«

Das war eine lange Lektion, die zu denken gab. Eine Weile war es still. Dann sagte Luzi, sie gehe jetzt auf die Pirsch. Wenn die beiden wollten, könnten sie mitkommen.

Die Mädchen wanderten zum Wald hinüber, wo Luzi sich zwischen Sträuchern und Unterholz auf die Knie niederließ. Sie suchte den Waldboden ab, kroch auf allen vieren umher und richtete sich schließlich auf. »Immer wenn ich eine Weile weg bin«, sagte sie, »muß ich von vorne anfangen. Normalerweise kann ich alle Fährten und Spuren lesen und gut unterscheiden. Ich weiß, wann ein Hase vorbeigekommen ist oder wie lange es her ist, daß ein Reh oder ein Wildschwein vorübergewechselt ist. Hier in der Schlucht kenne ich das ganze Netz der Fährten, und ich kann mir ausrechnen, wann und wo ein Beutetier vorbeikommen wird. Aber wenn ich eine Zeitlang weg war, macht es viel Arbeit, durch das ganze Spurengewirr durchzufinden. Wir holen uns für heute lieber ein paar Fische.«

Sie streiften durch ein Erlengehölz zum Bach hinüber. Die Sonne hatte die Feuchtigkeit der Uferwiese getrocknet, die frisch und würzig duftete. Jenseits der Brücke warf sich Luzi an einer Bachbiegung ins Gras und griff mit einem ihrer langen, dünnen Arme ins Wasser einer Uferhöhlung. Ein halbes Dutzend Forellen schoß aus dieser Höhlung in die Sicherheit der freien Strömung, doch Luzis verkniffenem Gesicht sah man an, daß sie einen Fisch gepackt hatte, der ihr allerdings zu entgleiten drohte. Sie glitt tiefer hinab, der Kopf berührte das Wasser, die andere Hand eilte der ersten zu Hilfe, und so brachte sie mit triefendem Haar die Forelle hoch. Es war ein großes, prächtig buntes Tier, das in ihren kleinen Händen zappelte und feine Perlfäden von Wasser verspritzte. Luzi nahm den Fisch am Schwanz, schlug ihn mit dem Kopf gegen einen Weidenstamm und warf ihn zu Boden. Die Kiemen des Fisches weiteten sich noch ein paarmal, dann lag die Forelle leblos, mit starrem Blick im Gras.

An mehreren Stellen holte Luzi weitere Forellen aus dem Bach, die sie ebenso roh ins Jenseits beförderte.

»Kannst du die Fische denn einfach so umbringen?« fragte Sandie.

Luzi sah die Freundin aus ihren graublauen Augen erstaunt an. »Meinst du, ich will verhungern?« fragte sie. »Wir in der Schlucht sind wie eine Familie von Mensch und Tier, aber morgens, wenn wir alle Hunger haben, trachtet doch jeder dem anderen nach dem Leben. Nur mit vollem Bauch sind wir alle die besten Freunde.«

Diesmal gab es vor der Behausung gebratene Forellen mit Kohlrabibeilage. Greta hatte eine leere Steinhägerflasche mit Wasser aus der Quelle gefüllt, und sie tranken daraus. Mit einem dampfenden Stück Fisch auf der Faust sah Luzi zum blauen Himmel auf und sagte: »Heute ist Vollmond. Und kaum Wolken. Da kommt meine Mutter wieder in den Wald und singt.«

»Kommt sie tot oder lebendig?« erkundigte sich Greta mit dem Interesse der Wissenschaftlerin. »Ich meine, als lebender Körper oder als Seele?«

»Das möchte ich auch wissen«, antwortete Luzi. Sie

knabberte an einer Fischgräte herum. »Ich habe sie noch nicht angefaßt. Sie steht ganz deutlich da, vom Mond beschienen, so daß ich ihr Gesicht erkennen kann. Aber wenn ich hinüberrenne, verschwindet sie hinter den Bäumen.«

Sandie fragte kauend: »Und wenn du ganz schnell rennst?«

»Ist sie weg und bleibt auch weg.«

»Ich finde das unheimlich schaurig«, sagte Sandie.

Greta nickte. »Vor allem, weil man nicht weiß, ob sie als Seele kommt oder als Mensch. Das ist das eigentliche Problem. Man müßte mit ihr reden und diskutieren können. Wenn man sie soweit brächte, daß sie ihre Argumente preisgibt, könnte man ihre Identität erforschen und...«

»Dann wüßte man's, he?« fragte Luzi kauend. Sie verstand nichts von dem, was Greta gesagt hatte; aber diesmal kamen ihr Zweifel, ob Greta selbst verstand, was sie redete.

Die drei Mädchen aßen zusammen neun Forellen und eine Schüssel gedünsteter Kohlrabi. Greta rannte dreimal hinüber zur Quelle, um frisches Wasser zu holen. Sandie nickte fast noch während des Essens ein. Sie war die erste, die auf dem Rücken und mit gespreizten Beinen in der warmen Oktobersonne lag und schlief. Auch Greta und Luzi streckten sich im Grase aus und waren bald entschlummert. Nach einer Weile näherte sich das Reh vom Waldrand, äußerst vorsichtig, als hätte es Angst, es könne verjagt werden. Als nichts dergleichen geschah, legte es sich neben Luzi ins Gras und blinzelte in die Sonne.

Die Sonnenglüh-Behandlung

»Hör nur, der Vogel«, sagte Sandie, »wie schön er singt! Ist das eine Nachtigall?«

»Es sind mehrere Vögel«, sagte Greta. »Und Nachtigallen gibt es hier oben nicht, die wären auch längst über Winter in den Süden geflogen, nach Afrika oder so.«

»Es ist nur ein Vogel«, sagte Luzi, »ich kenne ihn gut. Den Sommer über lebt er in den Wäldern dort drüben hinter dem Berg, aber den Winter verbringt er hier in der Schlucht. Dort oben im Fels, wo die Mittagssonne auch im tiefsten Winter hinkommt, baut er sein Nest. Er lebt allein, jedenfalls im Winter. Im Frühling zieht er weg in den Wald, ich nehme an, zur Paarung. Erst im Herbst, um diese Zeit, zeigt er sich wieder, und wenn der erste Schnee fällt, zieht er in sein Felsennest.«

Greta schüttelte den Kopf. »Merkwürdig«, sagte sie, »sehr merkwürdig. Sieht mir nicht nach Nachtigall aus.«

»Aber sie singt doch so schön«, rief Sandie, »hör doch, jetzt wieder!«

Ein langes, melodisches Vogellied klang herüber.

»Es ist eine Singdrossel«, sagte Luzi. »Wollt ihr sie sehen?«

»O ja!« rief Sandie. »Aber wenn wir hinlaufen, fliegt sie weg!«

»Wart's nur ab«, sagte Luzi. Sie machte die Wangen hohl, spitzte die Lippen und flötete ganz so, wie sie es soeben von dem Vogel gehört hatten. Einen Augenblick war es still. Dann ertönte das Vogellied wieder, aber viel näher,

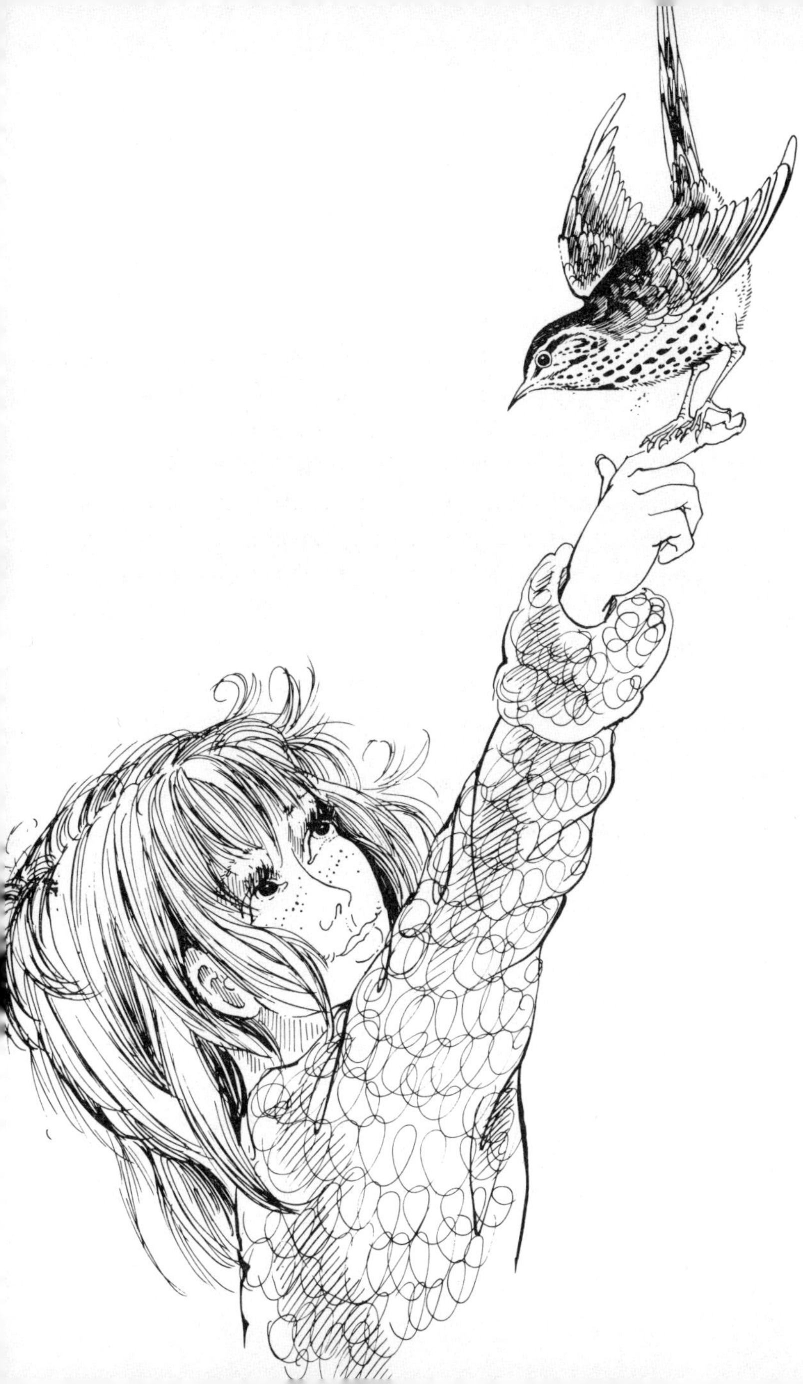

schon aus dem Erlengebüsch. Die beiden Mädchen hielten den Atem an. Luzi flötete abermals. Und nun sahen sie den Vogel, er saß ganz nahe auf einem Felsblock und schmetterte sein Lied, daß es in der Schlucht widerhallte.

Luzi streckte den linken Arm aus und den Zeigefinger und flötete noch einmal, sanfter, lockender. Der Vogel breitete die Schwingen, ließ sich fallen und gleiten und saß im nächsten Augenblick auf Luzis Finger, ein ziemlich großer Vogel mit grauem Rücken, gelblichweißer Unterseite und braunen Flecken auf dem Gefieder. Er wippte mit dem Schwanz und blickte wie erwartungsvoll Luzi ins Gesicht. Dabei legte er den Kopf einmal nach links, einmal nach rechts, es sah possierlich aus. »Du bist also auch mal wieder da«, sagte Luzi. »Aber noch ist deine Zeit nicht gekommen. Bleib noch oben im Wald.« Damit warf sie den Vogel in die Luft; er flog eine Schleife und verschwand im Wipfel einer Lärche. Gleich darauf sang er wieder.

»Erstaunlich!« sagte Greta. »Daß er so gar keine Angst vor dir hat!«

»Nicht alle Vögel sind gleich«, erwiderte Luzi. »Manche sind ängstlich, und auch ihre Jungen werden dann ängstlich. Die Frechen ziehen freche Jungen auf. Es gibt Vögel, die vor fast überhaupt nichts Angst haben. Einmal kamen an einem Tag ein Bleßhuhn und eine Stockente hierher, die beide mit Schrot angeschossen waren, wahrscheinlich bei einer Jagd, die in der Nähe stattfand. Sie waren sehr furchtsam. Ich habe einen Tag gebraucht, bis sie zu mir herankamen.«

»Und was geschah dann mit ihnen?« fragte Sandie.

»Krks«, machte Greta und machte dazu mit beiden Händen eine Bewegung wie beim Wäscheauswringen.

»Nein«, sagte Luzi. »Sie kamen am Abend und waren sehr müde. Ein Bleßhuhn fliegt nie mit einer Stockente, aber diese beiden kamen zusammen an. Sie hatten blutiges Gefieder, beide waren von einer Schrotkugel getroffen, im Flügel und im Leib. Die Kugel, die in der Schwinge der Ente steckte, konnte ich herauslösen. Und die andere hat sich mit der Zeit eingekapselt.«

»Und was ist dann aus den Tieren geworden?« fragte Sandie.

»Es war Herbst, sie blieben bis zum Frühjahr. Sie waren so zutraulich wie Haustiere. Zum Schluß hatte ich Ärger mit ihnen, weil sie zu faul waren, sich ihr Fressen selber zu holen, und ich hätte ihnen tatsächlich am liebsten den Hals umgedreht. Sie wollten das Futter immer vorgeworfen kriegen und standen dauernd vorm Zelteingang. Im Frühling habe ich sie dann immer wieder davongejagt, bis sie es gelernt hatten, sich ihr Futter wieder selbst zu suchen. Und an einem Vormittag haben sie mich verlassen.«

»Einzeln oder zusammen?« fragte Sandie.

»Zusammen. Sie waren unzertrennlich geworden.« Luzi stand auf. »Gehen wir zum Bach«, schlug sie vor.

Die Sonne verschwand jetzt hinter Bergzinnen, aber sie gab noch gutes Licht, das der blaue Himmel in die Schlucht warf. Das Bachufer war zum Teil mit niedrigem Schilf und mit herbstlich welken Brennesseln bewachsen. Das eilig fließende Wasser brach sich an Steinblöcken oder überspülte sie. Die Strömung wechselte häufig, je nachdem, welche Hindernisse sich dem Wasser entgegenstellten oder welche Biegung der Bach machte. Luzi zeigte ihren Gästen einen Biberbau aus Ästen, Zweigen und braunem Schilf, der eine kleine Eindämmung vor der Strömung schützte.

»Viel weiter unten«, sagte sie, »wo die Dörfer sind, haben sie drei Biber ausgesetzt, die sie aus einem fernen Land geholt haben. Aber die Biber wollten sich bei den Häusern keinen Bau errichten und kamen zu mir herauf. Erst wußte ich nicht, was es für Tiere waren; aber dann kam mein Vater, er hat es mir gesagt. Ich habe ihnen wochenlang bei der Arbeit zugesehen. Manchmal saß ich den ganzen Tag da und habe nichts anderes getan, als den Bibern zuzusehen, wie sie mit abgebissenen Ästen durchs Wasser gerudert sind. Am Schluß kannten sie mich. Ich habe ihnen Äste gebrochen, und sie kamen heran, um sie abzuholen. Es hat ihnen die Arbeit sehr erleichtert. Inzwischen gibt es noch mehr Biber hier.«

Luzi führte Greta und Sandie zu einer Stelle, wo der Gebirgsbach reißend war, weil sein Bett sich hier verengte. Hier führte eine Brücke über den Bach, die aus zwei halbmorschen Buchenstämmen bestand; sie waren an ihrer Unterseite dicht mit Moos bewachsen, und zwischen ihnen wuchs Unkraut hervor. Über diese Brücke gingen sie und standen jetzt vor einer Felswand, die stark überhing, weil der Bach sie ausgewaschen hatte.

»Der Bach kommt aus dem Gletscher«, erklärte Luzi. »Wenn im Frühjahr der Schnee schmilzt, führt er viel Wasser, so daß die Biber in Not geraten. Sogar die Forellen haben Schwierigkeiten. Sie bleiben in den unterhöhlten Stellen am Ufer. Einmal war meine Wiese überschwemmt. Ein einziger See. Ein paar Zentimeter höher, und unsere Behausung hätte wie ein Schiff im Wasser gestanden.«

»Und es ist nichts passiert?« fragte Sandie.

»Nein. Mein Vater war zu der Zeit nicht da. Als er ein paar Wochen später wiederkam, sagte er, wenn er dagewesen wäre, hätte er unten den Stöpsel rausgezogen, und das Wasser wäre abgelaufen.«

»Wo unten?« fragte Greta.

»Das hat er nicht gesagt.«

Vor einer Quelle ging Luzi in die Knie, schloß die Hände zu einem Gefäß und trank. Die Quelle war zehn Meter vom Fels entfernt. Man konnte mit einem Bein gerade drübersteigen, und sie war bis in die Tiefe hinein mit Gras bewachsen. Von unten sprudelte es herauf.

»Sieht aus, wie wenn man in der Badewanne die Brause unter Wasser hält«, sagte Greta.

Luzi wandte sich an Sandie: »Dies ist das Wasser, das du trinken mußt, möglichst viel davon. Dort unten liegt Gold. Das Wasser wird im Gold gereinigt. Es fließt durch reines Gold hindurch.«

Greta und Sandie tranken ebenfalls von dem Wasser. »Tatsächlich, man schmeckt's«, sagte Greta. »Es schmeckt nach Gold. Hast du schon mal eine Münze aus reinem Gold im Mund gehabt?«

»Nein«, antwortete Luzi.

»Sie schmeckt genauso wie dieses Wasser. Nicht wahr, Sandie?«

Sandie nickte und wischte sich Wasser vom Kinn und vom Hals.

»Friert ihr?« fragte Luzi.

»Ein bißchen«, antwortete Greta.

Sandie blickte auf ihre Uhr und sagte: »Es ist erst halb sieben Uhr, und es wird dunkel. Und der Atem macht ganz feine Nebelwolken.«

Nach einer Weile sagte Luzi plötzlich: »Wenn man sich bei starkem Schneefall auf den Rücken legt und lange in den Himmel guckt, verwirrt sich der Blick, und man kann die Zukunft sehen. Bedingung ist, daß kein Wind geht und daß es dicke, weiche Flocken sind, die von ganz oben senkrecht fallen. Es ist allerdings gefährlich, in die Zukunft zu schauen, weil man einschlafen und erfrieren kann.«

»Ist das wirklich wahr?« fragte Greta.

Luzi nickte.

»Hast du's schon mal ausprobiert?«

»Schon ein paarmal. Meine Gedanken fingen schon an, sich zu verwirren, aber dann bin ich aufgewacht und schnell in meine Hütte gelaufen, um mich aufzuwärmen.«

»Also hast du die Zukunft nicht gesehen?« fragte Greta.

»Im Winter probier' ich's mal aus«, sagte Sandie.

»Vergiß aber nicht, daß es gefährlich ist«, warnte Luzi, »denn du kannst an Unterkühlung sterben. Wahrscheinlich ist die Zukunft ein Land, das weit entfernt auf einem anderen Stern liegt. Nur wenn die Seele sich vom Körper löst, kann sie dorthin gelangen, und deshalb müssen viele dran sterben. Aber man kann wirklich in die Zukunft schauen.«

»Es gibt viel Unerklärliches«, murmelte Sandie.

»Ja, es gibt viel Unerklärliches«, bestätigte Luzi. »Daß man Kerzen aus Glas mit einem Knopfdruck anmachen kann. Und der Zauber mit dem gelben Häuschen, wo man mit einem reden kann, der weit weg ist.«

»Das sind für uns alles keine Wunder mehr, Luzi«, entgegnete Greta.

»Für mich schon«, sagte Luzi. »Auch daß meine Mutter bei Vollmond in den Wald kommt, ist ein Wunder. Es gibt sehr viel Seltsames auf der Welt.«

»Dein Zaubern zum Beispiel«, warf Sandie ein.

»Es ist kein echtes Zaubern«, erwiderte Luzi. »Echtes Zaubern gelingt mir nicht. Ich habe es bei euch im Kinderheim versucht, als ich dem Wasserstrahl sagte, er soll stehenbleiben, und er tat's nicht. Aber ich habe dort, wo Greta den Streit mit dem Mann um den Parkplatz hatte, eine Tür gesehen, die tatsächlich von selber aufging, ohne daß sie berührt worden war, nur wenn einer drauf zuging, und das ist wirklich Zauberei.«

»Auch das ist keine Zauberei«, erwiderte Greta. »Es gibt Leute, deren Beruf es ist, über so etwas nachzudenken, wie man es konstruiert und so. Sie erfinden jeden Monat irgend etwas Neues.«

»Es ist trotzdem alles sehr voll Zauber«, beharrte Luzi. »Die ganze Welt ist voll verschiedener Arten von Zauber.«

»Ja, das ist es«, sagte auch Sandie. »Voller Wunder und Zauber.« Sie fügte hinzu: »Auch daß ich hier bin, ist wie ein Wunder, wie ein Märchen.« Nach einer Weile sagte sie: »Und jetzt habe ich Hunger.«

Auf ihrem langen Weg zu anderen Erdteilen war die Sonne hinter dem Fels verschwunden. Die Gipfel warfen blaue und violette Schatten über das Eis der Steilwände und die tiefer gelegenen, gelblich-weißen Gletscher. Später lagen Schnee und Eis ganz im Schatten. Sie waren zu einem Teil der Nacht geworden. Von den Bergen senkte sich die Kälte in die Schlucht.

Luzi schleppte Holz für ein Lagerfeuer heran, sie hatte einen gewaltigen Vorrat an Buchen- und Birkenästen am Ende der Schlucht angehäuft. Die Stimme der Singdrossel war verstummt. Im letzten Abendlicht schwebte ein Steinadler. Er stieg und senkte sich kreisend, ohne ein einziges Mal die mächtigen Schwingen zu rühren. Als das Feuer hochloderte, schien plötzlich die Umgebung im Finstern zu liegen. Flackernder Feuerschein sprang über die Wiese, huschte bis ins Dickicht und fast bis zum Wald und zum Bach hinüber. Das Feuer prasselte, lustige Funken spielten für Sekunden in der Luft, schwebten langsam nieder und erloschen, um anderen roten und goldenen Funken Platz zu machen. Luzi stellte eine provisorische Kochvorrichtung auf, sie bestand aus einer schmiedeeisernen Vorhangstange, die in den Gabeln zweier Holzpflöcke ruhte. Auf dieser Stange waren Haken befestigt, an denen man Töpfe über dem Feuer aufhängen konnte. Luzi kochte Wasser aus der Goldquelle und bereitete Tee daraus. Zu essen gab es ein schmackhaftes Gericht aus gekochten Knollenwurzeln, von denen nicht einmal Luzi wußte, wie sie hießen.

»Der erste Stern ist da«, sagte Greta.

»Meinst du, deine Mutter kommt jetzt und singt?« fragte Sandie etwas bange.

»Erst später. Sie kann nur bei Vollmond singen. Wenn eine Wolke vor den Mond zieht, hört sie auf.«

»Hoffentlich kommt keine Wolke«, sagte Sandie.

»Heute nicht«, beruhigte Luzi sie.

Die Gipfel im Osten glühten noch wie polierte Bronze, die man mit einer Lampe anleuchtet. Eine Zeitlang blieben die Mädchen tief in Gedanken versunken. Luzi dachte an ihren Vater. Sie fragte sich, wo er sein mochte. Wahrscheinlich in einem fernen Land, bei reichen und einflußreichen Leuten. Sie machte sich Sorgen, ob seine Hemden ordentlich gewaschen waren, so daß er bei diesen Leuten einen guten Eindruck hinterließ. Wieder kam die Sehnsucht und flog durch sie hindurch und hinterließ ihre kleine, verzehrende Unruhe und verschwand wieder. Luzi dachte darüber nach, wann Weihnachten sein würde, und um es herauszufinden, sog sie die Luft ein und kam zu dem Ergebnis, daß es noch eine ziemliche Zeit hin war. Dann überlegte sie, was sie dem Vater zu Weihnachten schenken könne. Sie durfte nicht vergessen, Veronika zu fragen, ob sie ihr das hübsche silbern-goldene Abzeichen aus dem Auto gab.

Greta hatte lange zum Himmel aufgesehen, wo immer mehr Sterne ihr Licht anzündeten. Sie sagte: »Möchte mal wissen, wo das Weltall eigentlich aufhört. Es gibt Sterne, von denen braucht das Licht zehn Milliarden Jahre, bis es die Erde erreicht, und das Licht rast schneller als das schnellste Flugzeug. Aber selbst hinter diesen Sternen muß ja noch was sein.«

»Erst ist mal nichts dahinter«, orakelte Luzi, »dann wieder eine Menge Nichts. Aber was kommt dann?«

»Als Kind haben sie mir weisgemacht, dort käme ein buntgestrichener Bretterzaun«, sagte Sandie. »Wahrscheinlich aber kommen Blumen, riesige Wiesen mit bunten Sachen darauf. Felder mit Edelsteinen oder so was.«

»Oder eine Wand mit Edelsteinen«, sagte Luzi.

Bald war es ganz dunkel, und die Holzscheite glühten und knisterten, nur in der Mitte des Feuers loderten und züngelten Flammen auf. Der Vollmond stieg über die Berggipfel.

Luzi sagte: »Wir müssen vom Feuer weggehen, sonst können wir sie nicht sehen.«

Sie standen auf und setzten sich nahe der Behausung auf die Holzbank. Luzi erhob sich noch einmal und holte aus der Unterkunft eine Wolldecke, und die Mädchen preßten sich eng aneinander und kuschelten sich unter die Decke. Alle sahen erwartungsvoll zum Wald hinüber.

»Erscheint sie immer nur am Waldrand?« flüsterte Sandie.

Luzi nickte. »Du kannst ruhig laut reden. Ja, im Wald kann sie am besten verschwinden, wenn ich ihr nachlaufe.«

»Wie alt warst du, als sie gestorben ist?« fragte Sandie.

»Ich weiß nicht. Ganz klein.«

»Kannst du dich noch an sie erinnern?«

»Ja, und sie hat mir viele Ratschläge gegeben, die ich in mir aufbewahre, dort, wo die Gedanken leben.«

»Im Gehirn.«

»Ja. Ich trage die Gedanken immer mit mir herum, immer.«

»An was ist sie gestorben?«

»Weiß ich nicht. Sie war plötzlich weg. Vielleicht ist sie irgendwo runtergefallen und war tot.«

»War sie auch hier in der Schlucht?« flüsterte Greta.

»Ich glaube, aber ich habe es nicht mehr deutlich in Erinnerung.«

»Und bist du traurig, daß sie tot ist?«

»Fast nicht, weil sie ja immer kommt und singt.«

»Du bist überhaupt selten traurig«, sagte Sandie. »Und du bist immer zufrieden.«

»Warum auch nicht.«

Greta sagte: »Eigentlich müßte man Mitleid mit dir haben, aber in Wirklichkeit hast du Mitleid mit allen anderen.«

»Es geht.«

»Du bist ziemlich einsam«, fügte Greta hinzu.

»Ja, aber ich habe meine Tiere«, erwiderte Luzi. »Und die Gedanken können einem viel erzählen. Und die Sterne können einem viel erzählen, wenn man sie lange genug ansieht. Und sogar Bäume können einem viel erzählen, wenn der Wind in ihnen rauscht. Oder habt ihr schon einmal einem Bach zugehört?«

»Nicht bewußt«, sagte Greta.

»Und du?«

»Ich auch nicht«, flüsterte Sandie.

»Er hat eine wunderbare Sprache, der man stundenlang zuhören kann. Alles in der Natur versucht, mit einem zu reden. Man ist deshalb nie allein, überhaupt nicht.«

Die Mädchen schwiegen und dachten über das nach, was Luzi gesagt hatte. Schließlich sagte Sandie: »Wir im Heim hatten alle Mitleid mit dir, hast du das gemerkt? Weil du so komische Hosen anhast und so weiter. Aber es ist Blödsinn, mit dir Mitleid zu haben. Du bist viel reicher als wir alle zusammen.«

»Du hast auch ein viel schöneres Leben«, fügte Greta hinzu. »Ich wollte, ich könnte immer ein solches Leben führen.«

Luzi hatte nicht mehr zugehört. Sie flüsterte jetzt: »Moment mal!«

Angestrengt blickten alle zum Wald hinüber, aber Luzi sagte nach einer Pause: »Nein, sie war's nicht.«

Eine halbe Stunde später war das Lagerfeuer in sich zusammengesunken, hin und wieder zerfiel ein verbranntes Scheit und legte noch einmal seine rote Glut frei.

In der Tiefe der Schlucht war es dunkel. In großer Höhe leuchteten die Eishänge im Mondlicht jetzt hellblau und silbern.

»Es ist gespenstisch«, sagte Greta leise. »Meinst du wirklich, sie kommt noch?«

»Da drüben steht sie schon«, antwortete Luzi, »sie ist schon eine Weile da.«

Wo die Schlucht sich zwischen Felswänden verengte, bildete der Lärchenwald eine schwarze Wand. Im Mondlicht hob sich gerade noch das Grün der Wipfel darüber ab. Vor dieser Wand sah man deutlich eine helle Gestalt. Sie verharrte eine Weile, bewegte sich dann und kehrte, wie schwebend, an ihren Platz zurück. Es schien, als höbe sie die Hand und winkte den Kindern zu. Mit schmalen Augen starrte Luzi gebannt zu ihr hinüber. Sie bemühte sich, Einzelheiten an der Gestalt der Mutter zu unterscheiden. Auch Sandie und Greta bewegten sich nicht, aus Angst, die weiße Gestalt könne entweder verschwinden, oder was noch weit schlimmer wäre, näher kommen.

Minuten vergingen, dann begann die Gestalt zu singen. Es war ein heller Singsang ohne besondere Melodie, mit einer feinen, anmutigen Stimme. Luzis Mutter bewegte sich beim Singen nur ein wenig, sie breitete die Arme aus oder drehte sich, und ihr helles Haar entfaltete sich dann. Ihr Gesang flog hinauf zu den Bergen, aber es kam kein Echo zurück. Es war eine unheimliche Weltallstille, angefüllt mit den auf- und abschwellenden Tönen, so als sänge Luzis Mutter in der Einsamkeit des Mondgebirges.

Dann gesellte sich zu diesem Gesang aus der Ferne das Heulen eines Wolfes. Es war eine tiefere, sehnsuchtsvolle Stimme, die ebenso auf- und abschwoll. Die feine, reine Stimme der Mutter mischte sich mit dem Wolfsgesang auf seltsame Weise.

»Mein Wolf«, flüsterte Luzi. »Er meldet sich oft zum Gesang meiner Mutter.«

Sie warf die Decke ab und stand auf und ging auf Zehenspitzen auf ihre Mutter zu, aber die Gestalt am Waldrand trat zwischen die Stämme zurück, und als Luzi anfing zu laufen, verschwand sie ganz. Luzi rannte in den Wald hinein und lief zwischen den Bäumen einen weiten Halbkreis und kehrte anschließend zu den beiden Freundinnen zurück. »Weg«, sagte sie keuchend. »Wie immer.«

»Beim nächsten Mal kreisen wir sie ein«, schlug Greta vor. »Wir verstecken uns alle drei im Wald. Außerdem nehmen wir Fotoapparate mit Teleobjektiven mit, damit wir präzise Bilder von ihr kriegen.«

In dieser Nacht bekam Sandie einen schweren Erstickungsanfall. Ihre Brust schien eingeschnürt, sie konnte nicht mehr richtig atmen. Mit weit aufgerissenen Augen, keuchend saß sie im Bett. Erst gegen Morgen beruhigte sie sich, wahrscheinlich weil sie müde wurde und die Atemnot durch Beklemmung und Angst nicht weiter angeregt wurde. Sandie war blaß, ihre Stirn mit kaltem Schweiß bedeckt, und sie fror. Am Morgen schlief sie lange, aber mit sehr flachem Atem. Sie sah klein und zerbrechlich aus. Ihr dunkles Haar klebte schweißfeucht auf der Stirn.

»Sie muß raus in die Sonne«, sagte Luzi. »Am besten oben auf den Berg, wo Schnee liegt und wo die Sonne ihr die Krankheit aus dem Leib brennen kann.«

Das Frühstück bestand wieder aus Forellen und Knollengemüse. Sandie verzehrte es mit gutem Appetit. Aber unmittelbar nach der Mahlzeit bekam sie erneut einen schweren Anfall von Atemnot. Erst lag sie zusammengekrümmt im Gras, dann versuchte sie, kreuz und quer über die Wiese dem Anfall davonzulaufen, und sie war blau im Gesicht, als sie am Bach anlangte. Dort warf sie sich ins Moos. Nur langsam kam sie wieder zu sich. »Sie hat Fieber«, sagte Greta. »Wir müssen sie auf den Berg schaffen, und wenn das nichts hilft, muß ich ins Dorf runter und Veronika anrufen, daß sie sie ins Krankenhaus bringt.«

Der Aufstieg über latschenbewachsene Hänge zum Gletscher ging schneller, als Greta und Sandie gedacht hatten. Gegen zehn Uhr vormittags erreichten die Mädchen eine windgeschützte, von Fels umgebene Senke, die mit reinweißem, verharschtem Schnee gefüllt war. In der Mitte war eine Felsplatte, die schneefrei und mit grünem Moos bewachsen war.

»Setz dich genau in die Mitte«, befahl Luzi. »Zieh deinen Pullover und deine Bluse aus und leg dich auf diese Decke hier.« Sie entfaltete eine graue Wolldecke und breitete sie auf dem Fels aus.

Es war warm in dieser Senke. Die Sonne stand so groß am Himmel, als füllte sie ihn ganz aus. Über den Eisrand guckte die Kette der steilen Gipfel. Aus dem tiefer gelegenen Geröll kam das Pfeifen der Murmeltiere, die vor den Eindringlingen warnten.

Luzi und Greta setzten sich auf einen höher gelegenen Felsen, und Greta versuchte geduldig, ihrer Freundin den Unterschied zwischen Regierung und Opposition klarzumachen. Ebenso vergeblich bemühte sie sich, Luzi zu erklären, was einen Bundeskanzler vom Bundespräsidenten unterscheidet.

Luzi erklärte dazu nur: »Ich kann nicht sagen, daß ich es kapiere, aber so, wie du es sagst, klingt es ziemlich einfach. Wenn ich wüßte, was du meinst, wäre ich überzeugt, daß es sogar sehr einfach ist.«

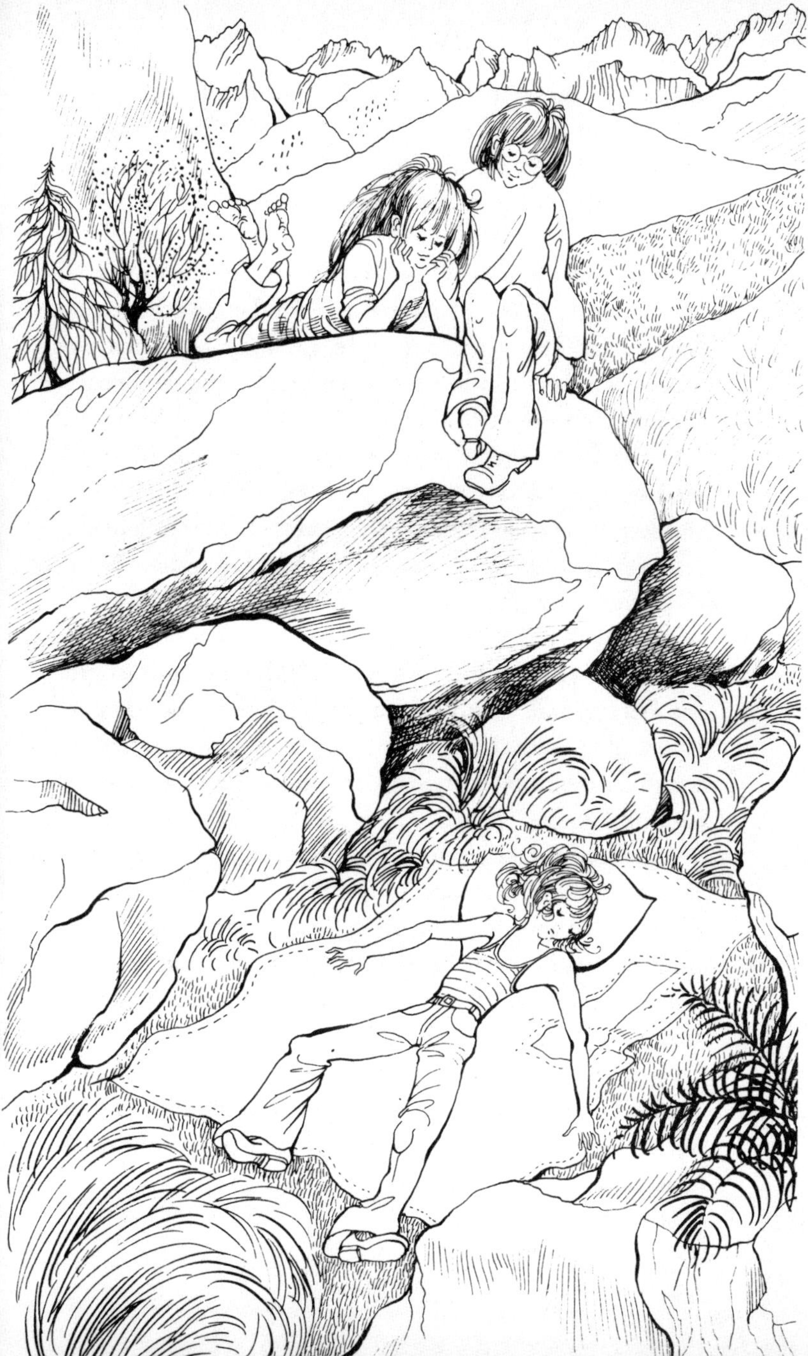

»Ist es auch«, sagte Greta, der Luzis Lob sehr zusagte, »es ist wirklich ganz einfach.«

Luzi rief zu Sandie hinunter: »Wie fühlst du dich?«

»Ich glühe!« rief Sandie zurück.

»So ist es gut«, sagte Luzi zu Greta. »Je mehr sie glüht, desto besser.«

Greta fügte hinzu: »Es ist genauso, wie wenn man Bakterien durch Abkochen tötet. Ganz genau so. Mir leuchtet deine Therapie sehr ein, wenn ich auch überzeugter Anhänger der klassischen Schulmedizin bin.«

Luzi nickte befriedigt. Wenn ein so hervorragend gebildeter Geist wie Greta von der Richtigkeit der Sonnenglüh-Methode überzeugt war, mußte eigentlich alles gutgehen.

Am Abend lag Sandie mit einem Sonnenbrand und mit leichtem Schüttelfrost auf ihrer Matratze. Luzi hatte zur weiteren Unterstützung ihrer Therapie Wasser aus der Goldquelle geholt und für den Tee heißgemacht. Sie fand plötzlich Gefallen daran, zu heilen, und ihre Erfindungsgabe wurde dadurch angeregt. So legte sie noch mehrere geheimnisvolle Kräuter in den Tee, außerdem Kieselsteine aus dem Bach, die dem Tee bestimmte Stoffe entziehen sollten.

Auch schaffte sie einen großen Haufen frischer Kiefernzweige heran und legte sie neben Sandies Lager, damit das kranke Mädchen den heilsamen Duft einatmen konnte. Dann sagte sie zu Sandie: »Erschrick nicht, wenn gleich das Reh reinkommt. Es wird heute Nacht bei dir schlafen, um dich zu wärmen.«

Greta nickte zustimmend. »Wärme ist sowohl klinisch wichtig als auch vom medizinischen Standpunkt aus unentbehrlich.«

Sie und Luzi blieben an diesem Abend noch lange auf. Sie hatten das Lagerfeuer neu entfacht, die züngelnden Flammen schickten ihren Flackerschein wieder zum Wald und zum Bach hinüber.

»Sie hat bis jetzt noch keinen neuen Anfall gehabt«, flüsterte Greta. »Das Reh ist bei ihr. Es wärmt besser als die beste Wärmflasche.«

Luzi nickte. »Sie schläft.«

»Hoffentlich ist sie nicht schon tot.«

Luzi schüttelte den Kopf. »Ich spür's, ob jemand lebt oder nicht. Ich höre sie atmen. Wenn das Feuer nicht prasseln würde, könnte ich sogar ihren Pulsschlag hören.«

»Hörst du ihren Atem wirklich?«

»Ja.«

»Und wie geht er?«

»Sehr ruhig.«

»Meinst du wirklich, es geht ihr besser?«

»Natürlich. Nach allem, was ich mit ihr gemacht habe, muß es ihr ja besser gehen.«

Greta nagte nachdenklich an ihrer Unterlippe. Das Unerklärliche in Luzi und das Geheimnisvolle dieser Schlucht ergriffen von ihr Besitz. Sie war überzeugt, daß alles, was Luzi tat, richtig sein mußte, besonders dann, wenn Luzi es hier in ihrer Schlucht tat.

Das Reh verschwand mit Anbruch der Dämmerung. Sandie schlief noch am Morgen mit geröteten Wangen. Luzi mußte an ihr Lager treten und sie unsanft wecken, indem sie sie am Oberarm rüttelte. »Steh auf!« sagte sie. »Wir müssen wieder auf den Berg, solange die Sonne noch scheint und gutes Wetter ist.«

Greta kam hinzu. Sie ergriff Sandies Hand, fühlte ihr

den Puls, legte ihr Ohr an Sandies Brust und erklärte: »Blutdruck ist gut. Fast normal. Ein bißchen Fieber hat sie noch, aber das ist nur gut. Streck mal die Zunge raus!«

Sandie streckte ihre kleine spitze Zunge heraus.

»Mach ah!« befahl Greta.

Sandie machte »ah«.

»Es ist nichts belegt«, befand Greta. »Läßt darauf schließen, daß der Virus sich im Rückzug befindet. Die viele Sonne hat ihn mächtig verunsichert, und er gerät in große Schwierigkeiten.«

»Es ist nicht nur die Sonne«, erklärte Luzi, »auch das Wasser, die Luft und die Stille.« Sie wandte sich an Greta: »Du gehst mit ihr auf den Berg hinauf, und ich werde einen Hasen erlegen, damit sie heute Fleisch kriegt. Ich bring's nachher rauf, wir essen in der Schneemulde.«

Sie kam am späten Mittag mit vier gebratenen Hasenkeulen, die sie, jede in ein großes Huflattichblatt gewickelt, in einer Plastiktüte trug. Sie waren noch warm, der Duft des gebratenen Fleisches breitete sich aus. »Den Rücken gibt's heute abend«, sagte sie. Jedes der Mädchen erhielt eine Keule, Sandie zwei.

»Stimmt es eigentlich, daß du Luzi Einsamkeit heißt?« fragte Sandie kauend.

»Kann sein.«

»Du mußt doch wissen, ob es stimmt.«

»Ich weiß nur, daß ich Luzi heiße. Im Heim nennt mich der eine oder andere Luzi Einsamkeit. Vielleicht ist es richtig, vielleicht auch nicht.«

»Der Name trifft auf jeden Fall auf dich zu«, sagte Greta. »Er paßt gut zu dir.«

Sandie fragte: »Wenn Greta und ich von hier weggehen,

Luzi, meinst du, wir könnten trotzdem alle Freundinnen bleiben?«

»Warum nicht«, antwortete Luzi.

»Wir können dir Zeichenbriefe schicken und du uns auch«, sagte Sandie.

»Zu mir kommt kein Briefträger«, erwiderte Luzi. Sie warf einen abgenagten Hasenknochen in den Schnee.

»Aber wir können kommen und dich besuchen«, sagte Sandie.

»Klar. Kommt nur, wenn ihr Lust habt.«

»Schade, daß die Tage hier bald vorüber sein werden«, seufzte Greta. »Sandie und mir wird man niemals erlauben, für immer hier zu bleiben. Wir sind im Schulstreß drin und können nicht heraus aus dieser Mühle.«

»Macht nichts. Ihr könnt mich jederzeit besuchen, wenn ihr Ferien habt«, entgegnete Luzi. »Für Sandie wäre es am besten, sie würde in Zukunft bei Veronika wohnen. In dem kleinen Haus hätte sie es gemütlich, und die Frau würde sie gut pflegen. Für Sandie ist es gut, wenn sie es behaglich hat.«

»Meinst du, die nimmt sie?« fragte Greta.

»Wenn ich es ihr sage, dann schon. Es ist vernünftig, wenn sie dort wohnt. Es gibt auch eine Menge netter Tiere dort.«

Wieder allein in den Wäldern...

Die Sonnenglüh-Therapie schien sich tatsächlich als heilsam zu erweisen, aber Luzi äußerte Greta gegenüber mehrfach die Sorge, der Himmel könne sich bewölken und die Behandlung müsse dann abgebrochen werden. Seit fünf Tagen hatte Sandie in der Schlucht keinen so starken Anfall wie am ersten und zweiten Tag gehabt.

»Wahrscheinlich macht's das Eiweiß, die Proteine«, sagte Greta zu Luzi, als die beiden am Morgen im Wald waren, um Pilze zu suchen. »Sie wird regelrecht mit Proteinen vollgepumpt durch den vielen Fisch und das Fleisch, natürlich auch die Pilze.«

»Sie kann auch gar nicht genug Fleisch und Fisch kriegen. Sie hat gestern acht Rotaugen und fünf große Forellen vertilgt, dazu einen Haufen Pilze.«

»Sie hat in dieser Woche mindestens fünf Kilo zugenommen«, fügte Greta hinzu.

Als sie aus dem Wald herauskamen, blieb Greta stehen und deutete auf die Berge, und Luzi verharrte ebenfalls. Die Felsen in der Höhe waren von Wolken umhüllt, die sich oben am Kamm stauten und weiter nach Westen drängten. Es waren weiße, windzerrissene Wolken, Vorboten einer dunklen Wetterfront, die sich im Osten in einem Gebirgseinschnitt abzeichnete. »Ich hab' es die ganze Zeit über an meinen rausoperierten Mandeln gespürt, daß es Regen geben wird, aber ich wollte es nicht sagen«, murmelte Greta. »Kannst du die Wolken nicht wegzaubern?«

Luzi schüttelte verneinend den Kopf.

»Du mußt es versuchen«, drängte Greta. »Es ist ihre einzige Chance.«

»Ich kann's aber nicht.«

»Du mußt es trotzdem versuchen, weil es ihre einzige Chance ist. Du mußt nach dem Gesetz der Chance handeln und sie ihr geben, selbst wenn es dir noch so vergeblich erscheint. Erst dann können wir sicher sein, daß wir alles in unseren Kräften Stehende getan haben.«

Es war noch zeitiger Vormittag, als Greta und Luzi zur Behausung kamen, wo Sandie sie auf der Holzbank sitzend erwartete. Sandies bernsteinfarbene Augen hefteten sich auf Greta, dann auf Luzi. »Hat's überhaupt Sinn raufzugehen?« fragte sie. »Es sieht nach Regen aus.«

»Na klar hat's Sinn«, antwortete Greta. »Luzi geht mit und wird die Wolken wegzaubern. Du brauchst weiter deine Sonne und wirst sie weiterhin kriegen. Der liebe Gott wird ein Einsehen haben und die Wolken fernhalten.«

»Ich habe die ganze Zeit darum gebetet, während ihr im Wald wart«, sagte Sandie, »aber es hat nichts geholfen. Die Wolken sind trotzdem ein gutes Stück über den Berg rübergekommen, und es sieht nicht so aus, als könnte mein Gebet sie aufhalten.«

»Dein Gebet natürlich nicht«, sagte Greta. »Dazu hättest du schon viel früher mit dem Beten anfangen müssen, nicht erst, wenn die Wolken schon da sind. Da hilft nur Zauber.«

Als sie oben am Berg die Schneemulde erreicht hatten, war die Wolkenbank der Sonne ein gutes Stück näher gerückt. Diese Wolken waren dunkelgrau, mit einem hellen Randstreifen. Man konnte jetzt sehen, daß es in der Ferne schneite, und es war fast, als könnte man den fernen Schnee riechen.

»Beeil dich mit dem Zauber«, drängte Greta. »Du siehst ja, die Wolken sind nur noch ein paar Meter von der Sonne weg, und wenn sie die Sonne erst verdecken, kannst du sie nicht mehr zurückschieben.«

Luzi erwiderte darauf nichts, aber Gretas Vertrauen in ihre Fähigkeiten stärkte ihr Selbstvertrauen. Es gab ihr auch neue Ideen ein. Ihr schmales, vom Aufstieg erhitztes Gesicht war der Sonne zugewandt, die sich in ihren Pupillen glitzernd spiegelte. Auf Stirn und Lippen bildeten sich winzige Schweißperlen. »Sandie soll sich in die Sonne setzen, solange es noch möglich ist«, ordnete sie an.

Sie entfernte sich etwa dreißig Meter bis zu dem höher gelegenen Felsen, auf dem sie und Greta so gerne gesessen hatten, während Sandie sich unten sonnte. Nur noch ein geringer Abstand trennte die Wolken von der Sonne. Luzi blickte düster, mit gerunzelter Stirn dort hinauf und gab den Wolken merkwürdige Fingerzeichen. Ihre Lippen bewegten sich, ohne daß man etwas von ihren Beschwörungsformeln hörte. Je näher die Wolkenbank an die Sonne herankam, desto verkrampfter wurden die Bewegungen ihrer Finger und desto heftiger ihre Lippenbewegungen. Die Wolken kümmerten sich jedoch nicht darum, sondern zogen über die Sonne hinweg, und es wurde auf einmal dunkel und kalt.

Sandie humpelte zu Luzi herauf, sah sie lange an und legte ihr die Hand auf die Schulter. »Weinst du?« fragte sie.

Luzi schüttelte den Kopf.

»Es würde mich wundern«, sagte Sandie sanft und liebevoll, »denn niemand von uns hat dich jemals weinen sehen. Weinst du wirklich nicht?«

»Nein.«

»Es macht nichts, Luzi. Du hast es versucht, und es hat nicht geklappt. Du hast alles getan, was du konntest. Du brauchst deshalb nicht traurig zu sein.«

Die Mädchen begannen mit dem Abstieg, der jetzt von einem kalten Wind begleitet wurde. Sie alle waren mutlos, keins von ihnen sprach während des Abstiegs ein Wort. Doch als sie unten an der Behausung angelangt waren und zurückblickten, sahen sie blauen Himmel über der Ostwand. Dieses noch schmale Stück vergrößerte sich zusehends, als strengte der Wind sich jetzt an, die ganze Wolkenbank zügig beiseite zu blasen. Und als die Sonne wieder hervorbrach und wenig später alle Wolken über den Westgipfeln verschwanden, war die Freude unter den Mädchen so groß, wie die Sonne hell und der Himmel blau war. Schon eine Stunde später setzten sie die Sonnenglüh-Therapie fort.

Noch zwei Wochen hielt das schöne Herbstwetter an. Dann war der Himmel eines Morgens bedeckt, und der Wind trieb erst eiskalten Regen und dann dünnflockigen Schnee herab, der die Wiese mit einem hellen Schleier überzog. Sandie, deren Zustand sich erheblich gebessert hatte, legte sich sofort auf den Rücken und versuchte in die Zukunft zu blicken, aber Luzi belehrte sie, daß dies nur möglich war, wenn dicke, träge schwebende Flocken herabkamen.

Um sich nicht zu erkälten, trug Sandie insgesamt drei Pullover und zwei Hosen. Mit ihrem rundlich gewordenen, rotbackigen Gesicht sah sie wie eine Marktfrau aus.

Sie, die ursprünglich die schwächste gewesen war, hatte jetzt regelrecht Kraft.

Ihre Aufgabe war es jetzt, jeden Tag Holz für das Lagerfeuer draußen und den Ofen in der Unterkunft heranzuschleppen, und sie tat es mit Begeisterung. Ihren eigenen Worten nach hatte sie nie in ihrem Leben eine angenehmere Arbeit verrichtet als das Heranschleppen von Brennholz aus dem Bergwald. »Man kann dabei seinen Gedanken nachhängen, und niemand redet einem rein«, sagte sie.

»Das macht den Unterschied zum Großstadtleben aus«, fügte Greta hinzu. »Hier gibt's eben nichts, was einem auf die Nerven gehen kann. Wenn ich in die Stadt zurückkomme, werde ich die Regierung darüber informieren, wie angenehm das Leben in einer Schlucht ist. Leider gibt es nicht genügend Schluchten, um alle Menschen ein ähnliches Leben führen zu lassen. Das ist wirklich schade.«

Sandie sagte: »Du darfst aber nicht Luzis Schlucht verraten, sonst wollen alle hierher, und es sieht dann hier so aus wie im Sommer an der Adria. Warst du schon mal am Meer?« wandte sie sich an Luzi.

»Ich war nirgendwo sonst als hier und bei euch in der Stadt«, antwortete Luzi. »Aber ich habe vom Meer gehört und Bilder davon gesehen. Ist es schön dort?«

»Die Wellen machen Spaß. Man kann sich ins Wasser stellen und auf die Wellen warten, und sie sind manchmal so stark, daß sie einen umwerfen.«

»Vielleicht können wir wieder mal ausreißen«, sagte Greta, »dann nehmen wir Luzi mit zum Meer. Du hast zwar keinen Ausweis und darfst deshalb nicht ins Ausland, aber es gibt überall Schmuggelwege oder wo die Wilderer über die Grenze gehen; man kommt auf diese Weise spielend von Land zu Land. Und wenn sie einen schnappen wollen, kann man ja weglaufen.«

»Sandie kann jetzt auch wieder rennen«, sagte Luzi. »Meinst du wirklich, ich könnte auf diese Weise mal ans Meer?«

»So sicher wie eins und eins zwei ist«, sagte Greta.

Von diesem Tage an wanderten die Mädchen einmal täglich zu der mit Veronika Ziegler vereinbarten Stelle an der Wegegabel im Forst, aber das Auto stand nie da. Doch eines Tages fanden sie einen mit vier Reißnägeln an einem Fichtenstamm befestigten Zettel, er war ganz durchgeweicht; darauf entzifferten Greta und Sandie das Wort »Morgen«.

»Heute ist unser letzter Tag, Luzi«, sagte Greta. »Wir können noch einmal feiern und bereden, wie schön es in dieser ganzen Zeit gewesen ist.«

Gegen Abend, der jetzt rasch hereinbrach und schon mit der Dunkelheit den Nachtfrost mitbrachte, saßen die Mädchen in der Behausung vor dem Ofen, dessen Blechwand rot glühte. Darin prasselten und knackten Tannenzapfen, und ein würziger Geruch lag in dem kleinen Raum. Die drei Mädchen sprachen noch einmal über alles, was sie erlebt hatten. Über das Leben im Heim und die gelungene Flucht vor den Polizisten und über den Zauber mit den Tauben im Bahnhof. Und lange von Sandies wahrscheinlich gelungener Heilung. Greta erkundigte sich. »Willst du mir die Schlucht nicht verkaufen? Ich würde ein Heilzentrum daraus machen.« Aber Luzi wollte ihre Schlucht nicht hergeben.

»Ich kann es schon wegen meinem Vater nicht«, erklärte

sie, »denn eigentlich ist es seine Schlucht, wenn er auch nicht oft da ist. Und ich kann sie nicht hergeben meiner Mutter wegen, die bei Vollmond kommt.« Die Glut und das Feuer in den Ritzen der Ofenplatte warfen ihren warmen Schein über Luzis Gesicht, das nachdenklich wirkte.

»Bist du traurig, wenn wir dich allein lassen?« fragte Sandie. »Ich weiß nicht, ob man das traurig nennt«, sagte sie, »aber wie ich jetzt daran denke, fühle ich etwas, was ich vorher nicht gekannt habe, und das wird es wohl sein.«

Noch an diesem Abend nahm Luzi heimlich das in Zeitungspapier gewickelte Päckchen mit den Geldnoten, die sie von ihrem Vater geschenkt bekommen hatte, und teilte dieses Geld in vier gleiche Bündel, eins für sie selbst und eins für ihren Vater, und die beiden anderen Teile stopfte sie in Sandies und Gretas Taschen. Als sie auf ihrem Lager auf den Schlaf wartete, kam etwas Heißes in sie hinein, und an Tränen in ihren Augen stellte sie fest, daß sie tatsächlich weinte. Sie war glücklich, daß sie hatte mithelfen können, Sandie zu heilen. Und sie war auch glücklich darüber, daß Sandie und Greta nicht mehr bettelarm waren, nun, wo sie ihnen so viel Geld mit auf den Weg gab.

Am folgenden Mittag kamen sie an die Weggabelung, an der Veronika in ihrem blauen Auto wartete. Mit unaussprechlicher Erleichterung preßte die Frau die drei Mädchen nacheinander an sich.

»Ich habe fest damit gerechnet, daß Sie im Gefängnis sitzen«, sagte Greta ungerührt. »Sie haben sich immerhin der Mithilfe zur Flucht schuldig gemacht. Aber jetzt wird ja alles gut werden. Ich werde vor Gericht nichts aussagen, was Sie belasten könnte, auch Sandie nicht, und sie sind deshalb auf Indizien angewiesen. Sie brauchen nur alle Spuren verwischen, die Sie hinterlassen haben, Fingerabdrücke und so, und dann kann Ihnen überhaupt nichts passieren.«

»Ach danke, Greta«, sagte Veronika gerührt. »Aber ich werde für alles voll einstehen, was ich getan habe. Ich werde immer ehrlich sein und allen meine Gründe offen sagen, weil ich weiß, daß ich nichts wirklich Unrechtes getan habe. Und so werden die Behörden vielleicht überzeugt sein, daß alles im besten Willen geschehen ist.« Zu Luzi gewandt, fügte sie hinzu: »Luzi, du wirst früher oder später zur Schule müssen. Daran wird sich kaum noch etwas ändern lassen. Man weiß nun von deiner Existenz, und man möchte, daß du heranwächst wie andere Mädchen und daß du zur Schule gehst.«

Luzi erwiderte nichts.

Sandie sagte: »Luzi, so schlimm ist die Schule gar nicht. Sie ist sogar manchmal ganz interessant, wenn sie zum Beispiel Filme zeigen oder Schulfunk hören.«

Greta fügte hinzu: »Am schönsten ist die Schule, wenn's zur Pause läutet, und an dem Tag, an dem die Ferien angehen und nur noch vorgelesen wird.« Zu Veronika, die wieder ihren Regenmantel trug, sagte sie: »Sie können Luzi natürlich verraten, aber Sie dürfen niemals ihre Schlucht verraten. Denn sonst können wir nie wieder zurück, und es wird nie wieder so sein, wie es gewesen ist.«

»Das müssen Sie uns wirklich versprechen«, sagte auch Sandie.

Luzi fragte: »Können Sie nicht Sandie bei sich aufnehmen, damit sie es den Winter über gemütlich hat?«

Die Frau lächelte nachsichtig und schob eine ihrer blonden Locken aus der Stirn. »So einfach wird es nicht sein, Luzi«, antwortete sie, »aber Schwester Margaretha und ich haben darüber bereits gesprochen.« Sie verabschiedeten sich von Luzi, die in ihren zu weiten Jeans und in der Konfirmationsjacke mit dem braunen Rollkragenpullover darunter schmächtig und rotgefroren aussah. Als Greta und Sandie und die Frau im Wagen saßen, deutete Luzi auf die silbern-goldene Typenmarke am Armaturenbrett. Ihr Atem dampfte in der Kälte, als sie fragte: »Kann ich's jetzt kriegen?«

Veronika hatte Mühe, das Zeichen von dem schwarzen Brett zu lösen. Sie reichte es Luzi und sagte: »Du willst es deinem Vater zu Weihnachten schenken, nicht wahr?«

»Ja.«

»Weißt du, daß du mir ebenfalls ein Geschenk gemacht hast?«

»Nein.«

»Kannst du dich an den Polizisten Weber erinnern? Den großen Sommersprossigen?«

»Ja.«

»Wir werden heiraten. Und wir glauben beide, daß wir dies dir zu verdanken haben.«

»Schön.« Luzi steckte das Zeichen in die Tasche. Lange stand sie da und sah dem Auto nach, wie es Nebelschwaden aus dem Auspuff stieß und sich im Wald zwischen den hohen Bäumen entfernte, und ihr alter Freund, die Einsamkeit, füllte den nun verlassenen Platz. Auf ihrem Weg zur Schlucht zurück begleitete das Reh sie eine Weile, bis Luzi es fortscheuchte, weil sie mit ihren Gedanken allein sein wollte.

Schnee fiel jetzt dicht, in weichen und dicken Flocken, und in einer Lichtung legte sich Luzi auf den Rücken und versuchte, in die Zukunft zu blicken, aber sie sah nicht viel,

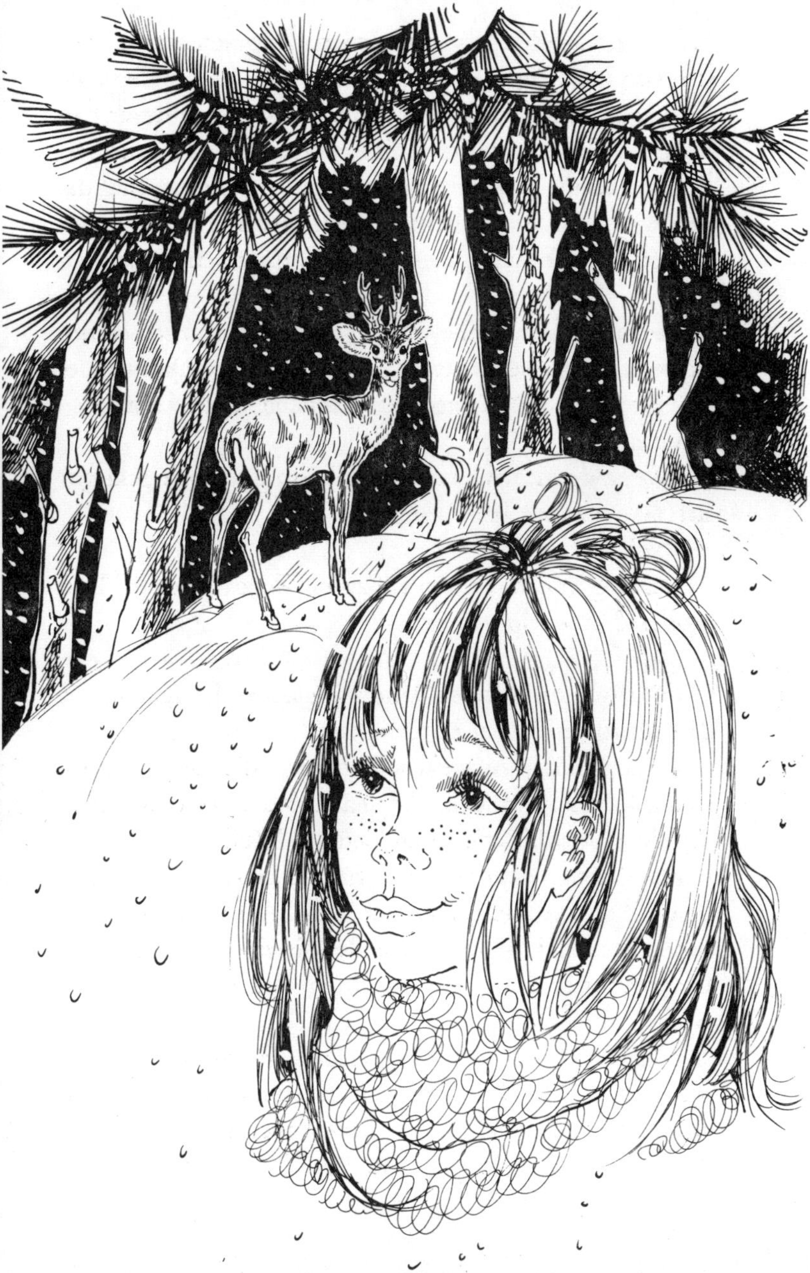

nur die Bilder der Vergangenheit, mit Sandie und Greta, drängten sich. Im Weitergehen hörte sie das Hufgepolter eines Hirsches. Sie dachte daran, daß sie früher Rehe und Hirsche am Schlag ihrer Hufe voneinander hatte unterscheiden können und daß sie wieder anfangen mußte zu lernen, was sie in der Zwischenzeit vergessen hatte.

Und dann erfüllte es sie wieder mit Genugtuung, daß sie es fertiggebracht hatte, den Zustand der schwerkranken Sandie zu bessern. Den größten Schatz aber trug sie in der Tasche, das silbern-goldene Zeichen, das sie sich so lange gewünscht hatte, um es ihrem Vater zu schenken. Jetzt brauchte sie sich wegen des Weihnachtsgeschenks keine Sorgen mehr zu machen. Es waren vier Kerzen in der Unterkunft, und alle vier würden auf dem Weihnachtsbaum brennen und das Zelt mit ihrem Schein verzaubern. Draußen würde alles voll von weißem Schnee sein, und der Schnee würde tagsüber in allen Farben im Sonnenlicht glitzern und nachts im Mondlicht funkeln. Sie wollte sich so hinstellen, daß sie ihrem Vater ins Gesicht blicken konnte, wenn er das Zeichen auswickelte. Er würde mächtig große Augen machen, solch einen herrlichen Schatz in Händen zu halten, der ihm von nun an ganz allein gehören sollte.